DO OUTRO LADO DO FOLCLORE

PEDRO MARTINS

DO OUTRO LADO DO FOLCLORE

NARRATIVAS HORRIPILANTES DO FOLCLORE BRASILEIRO

:ns

SÃO PAULO, 2023

Do outro lado do folclore: narrativas horripilantes do folclore brasileiro
Copyright © 2023 by Pedro Martins
Copyright © 2023 by Novo Século Editora Ltda.

Editor: Luiz Vasconcelos
Gerente Editorial: Letícia Teófilo
Assistente Editorial: Gabrielly Saraiva e Érica Borges Correa
Diagramação: Marília Garcia
Revisão: Eliana Moura Mattos
Capa: Ian Laurindo

Texto de acordo com as normas do Novo Acordo Ortográfico da Língua Portuguesa (1990), em vigor desde 1º de janeiro de 2009.

Dados Internacionais de Catalogação na Publicação (CIP)
Angélica Ilacqua CRB-8/7057

Martins, Pedro
Do outro lado do folclore : narrativas horripilantes do folclore brasileiro / Pedro Martins.
Barueri, SP : Novo Século Editora, 2023.
240 p. : il.

ISBN 978-65-5561-577-7

1. Folclore - Brasil 2. Terror I. Título

23-2518   CDD-398.20981

Índice para catálogo sistemático:
1. Folclore – Brasil
2. Terror

‹ns
uma marca do
Grupo Novo Século

GRUPO NOVO SÉCULO
Alameda Araguaia, 2190 – Bloco A – 11º andar – Conjunto 1111
CEP 06455-000 – Alphaville Industrial, Barueri – SP – Brasil
Tel.: (11) 3699-7107 | E-mail: atendimento@gruponovoseculo.com.br
www.gruponovoseculo.com.br

Para Amanda, Ana e Naira.

Que as nossas amizades durem ainda muitos e muitos anos.

Mas eu prefiro é a rua,
A rua em seu sentido usual de "lá fora",
Em seu oceano que é ter bocas e pés
Para exigir e para caminhar.
A rua onde todos se reúnem num só ninguém coletivo.

Sala de espera
Cassiano Ricardo

O que se deve exigir do escritor, antes de tudo, é certo sentimento íntimo, que o torne homem do seu tempo e do seu país, ainda quando trate de assuntos remotos no tempo e no espaço.

Instinto de nacionalidade
Machado de Assis

APRESENTAÇÃO

Muitas questões passaram pela minha cabeça durante o processo de criação deste livro, e achei que seria interessante dividir pelo menos algumas delas com você, leitor, que decidiu passar um tempo se aventurando por essas páginas. Talvez ao final da leitura você ainda tenha algumas inquietações acerca do que leu, mas faz parte: não é função da literatura apresentar respostas prontas, e nenhum livro se conclui numa primeira e única leitura. Além disso, como autor, devo aceitar o fato de que um livro se torna vivo nas mãos de quem o lê, e que novas interpretações sobre ele sempre podem vir à tona.

Decidi abordar aqui como surgiu todo o conceito por trás deste livro: histórias de terror com criaturas do folclore brasileiro. Tudo começou quando participei de um pequeno concurso de contos envolvendo essa temática e, para a minha enorme surpresa, meu conto foi selecionado. No entanto, senti que terminá-lo não seria suficiente. Aquela primeira história – que não está neste livro, diga-se de passagem, pois não dialoga muito bem com o que ele se tornou – foi a semente que fez novas ideias despertarem em minha mente.

Dizem que toda história começa quando um "e se...?" surge na cabeça de um escritor, e comigo não foi diferente.

E se essas criaturas que geralmente conhecemos em histórias infantojuvenis nas escolas estivessem inseridas em outros contextos? Mais adultos e brutais? E se as lendas que fomos ensinados a ver como banais e ingênuas nos ajudassem a ver o que há de mais cruel na humanidade?

Obviamente não tenho nada contra esses mitos em histórias infantis, mas me pareceu injusto demais reduzi-los a esse nicho.

Já era tarde demais, pessoal. A fagulha havia sido acesa e precisava se desenvolver.

O processo de criação foi árduo, mas deveras divertido e gratificante. Para escrever alguns contos aqui presentes, li romances inteiros, trechos de trabalhos acadêmicos de mestrado e doutorado, vi tutoriais na internet sobre assuntos que nunca imaginei que pesquisaria e revivi todo o movimento de conhecer a história do Brasil. E, sim, temos uma história fascinante, singular, surpreendente e que atravessa todos os contos deste livro como pano de fundo das tramas.

Pensar nos contextos e nas épocas em que as histórias se passam foi um processo delicado, pois exigiu de mim tentar entender como aquelas pessoas se expressariam e como se comunicariam. Fazê-las usar um vocabulário típico dos dias atuais, com todos os seus questionamentos e problematizações, seria incoerente de minha parte.

E o resultado está aqui, em suas mãos. E eu, particularmente, estou muito orgulhoso dele.

Espero que você possa, ao longo deste percurso, se permitir ter o encanto de relembrar essas lendas e vê-las sob outras perspectivas.

Sem mais delongas, espero que nos encontremos novamente numa próxima oportunidade.

Boa leitura!

SUMÁRIO

Mais um alimento · 14

Um inimigo em comum · 26

De joelhos no confessionário · 42

Levantado pelos tambores · 62

A pecadora de cafundós · 78

Os visceralizados · 106

Duas vezes fugitiva · 126

Imperdoável círculo vicioso · 150

Acidentes de trânsito · 168

Entre linchamentos e crianças desaparecidas · 188

Ocupação · 214

MAIS UM ALIMENTO

Kaluanai sentia a força da terra em seus pés enquanto corria. Estava além, muito além da mata onde nascera, num território desconhecido. Contudo, a necessidade de sobrevivência e a confiança que nele depositaram afastavam o medo de sua mente. As árvores que o cercavam podiam ser tão suas aliadas quanto as da selva em que crescera, bastava ele saber como usá-las a seu favor. Caso não encontrasse um esconderijo rapidamente, a onça que estava em seu encalço o devoraria em breve.

Enfim encontrara um lugar onde poderia observar a floresta sem que pudesse ser surpreendido pelas costas: no alto de uma gameleira, os galhos se entrelaçavam de modo tal que formavam uma espécie de fenda em seu interior. Kaluanai pendurou a aljava em suas costas e escalou a árvore com cuidado, para que nenhum ruído fosse produzido enquanto o fazia, nem mesmo o farfalhar de sua tanga. Seus olhos encontravam rapidamente onde encaixar as mãos. Ele fazia tal artimanha desde menino, como parte do treinamento que os garotos de seu povo recebiam.

Quando enfim se acomodou na cavidade, a onça reapareceu. O animal estava à beira de um riacho e olhava ao seu redor, como se procurasse a sua presa, virando o pescoço repetidas vezes. Apenas o murmurejo das águas enchia seus ouvidos. Os caçadores de seu povo aprenderam com os animais que, para apunhalar a presa na hora certa, era necessário aquietar até a alma.

O felino encarava uma das pedras do outro lado do riacho quando Kaluanai agiu. O guerreiro sacou uma das flechas de sua aljava e lançou-a na jugular do animal, provocando a sua queda no mesmo instante. A adrenalina o fez gritar ao ver a onça enfim derrotada, que se debatia em frente ao seu predador; eram os últimos espasmos de seu corpo.

Mais tarde, enquanto a carne do bicho assava numa fogueira feita com galhos velhos e lascas de pedras, Kaluanai refletiu sobre os últimos acontecimentos de seu povo enquanto admirou o pôr do Sol do alto da colina para a qual levara a carcaça do bicho, a fim de comê-la. Já fazia onze dias desde que partira, mas a memória era tão recente quanto o sabor daquela onça em sua boca.

Tudo começara em mais uma noite de lua cheia, em que os Guerreiros da Selva Rubra adorariam a Grande Mãe, criadora dos céus e da Terra, responsável por parir todos os homens e mulheres e por educá-los para respeitar a sua obra e servirem-se dela com responsabilidade. As Irmãs do Gavião, responsáveis por auxiliar no andamento da cerimônia, cantavam e dançavam ao redor da fogueira enquanto Aracum, o homem sábio capaz de falar com os mensageiros da Grande Mãe, começara a chorar. Ninguém lhe perguntou o porquê de suas lágrimas, ainda que quisessem sabê-lo, pois não se interrompe o homem sábio durante o ritual sagrado. Ele estava em contato com vidas que nenhuma outra pessoa daquele povo era capaz de ver ou ouvir.

O velho Aracum fora categórico em suas palavras: os mensageiros o avisaram de um grande perigo que se aproximava dos Guerreiros da Selva Rubra. Das águas infinitas que se encontravam com a terra na areia, guerreiros cobertos da cabeça aos pés vinham em jangadas gigantes para batalhar contra todos os povos que ali viviam. Suas lanças e flechas produziam fogo quando disparadas e tinham uma força que nenhum deles ali presente era sequer capaz de imaginar. A peleja estava perdida, e os Guerreiros da Selva Rubra seriam reduzidos a lembranças e pó. Após ouvi-lo, as Irmãs choraram, e todos as seguiram entre soluços. Por que a Grande Mãe permitiria algo assim? Contudo, Aracum levantou a cabeça e disse que havia apenas uma única esperança: o guerreiro mais corajoso dentre eles deveria partir em busca do arco das mil flechas, única arma capaz de impedir a destruição daquele povo.

Kaluanai vencera todas as tarefas estipuladas por Aracum com o intuito de escolher o salvador dos Guerreiros. Foi o último a tirar o braço de um ninho de vespas. Trouxe o ovo intacto de um quero-quero em menos tempo. Permaneceu de pé em meio à lama de um barranco, num dia de chuva, por mais tempo do que todos os outros. Por fim, ganhara uma batalha corpo a corpo do único que quase o derrotara em todos os trabalhos anteriores, Xiguê, seu primo de sangue.

O dia de sua partida foi motivo de tensão e expectativa entre os Guerreiros da Selva Rubra. As Irmãs do Gavião pintaram símbolos de vitória em seu corpo, desenhos amarelos, vermelhos, laranjas. Anahi, a bela donzela que vivia trocando olhares com ele desde que se tornaram adultos, fora a última a sair da tenda. Ela pintara um pássaro entre os músculos de seu tórax e lhe disse que a ave o faria voar rumo ao seu objetivo. Kaluanai sentiu um arrepio naquele momento e não soube se fora devido às suas palavras ou ao seu toque.

O azul do céu estava se tornando escuro. Kaluanai avistou uma caverna mais abaixo da colina em que estava e decidiu que ali seria um bom lugar para dormir e renovar suas energias. Ao entrar no local, fez um círculo com as penas que Aracum lhe deu para se deitar dentro dele. Ele lhe garantira que nenhum bicho ou entidade do mal poderia atingi-lo quando estivesse em seu interior. Após terminar de fazer o círculo, deu alguns passos para dentro da caverna, para que pudesse ver o quão profunda era. Nem sequer era possível ver os seus confins a olho nu. Além da profundidade imensa, havia também intermináveis corredores que o conduziriam até o âmago da Terra!

Assustado, Kaluanai voltou depressa para dentro do círculo. Ele era capaz de fitar sem problemas a escuridão do céu, pois fora intitulado "filho da noite" quando nascera, devido ao momento em que sua mãe o concebeu. Mas as entranhas da caverna eram demais para ele. Kaluanai precisava descansar e se manter seguro.

O guerreiro aproveitou para repassar em sua mente as instruções que Aracum lhe passara para encontrar o arco das mil flechas. A arma estava ao norte da mata, onde os Guerreiros da Selva Rubra viviam, escondida no coração da floresta, entre dois morros irmãos. Mas o que aquelas palavras significavam? Kaluanai fora criado para caçar animais ferozes e vencer inimigos na guerra, decifrar palavras misteriosas não era do seu feitio. Mas o seu povo dependia dele, e seria necessário, portanto, que ele se esforçasse para cumprir a sua missão e tudo o que fosse preciso para tal.

Ele enfim dormiu e sonhou com a Grande Mãe. Ela o guiou pelos ares e Kaluanai viu o seu povo, as Irmãs do Gavião cantando e dançando em volta de uma fogueira, pedindo por ele e Xiguê, acompanhados de outros homens treinando para a batalha. Eles produziam flechas com cabos mais grossos e colocavam fogo em suas pontas para tentar igualá-las à força das armas do inimigo que se aproximava. Mais adiante, Kaluanai viu a si mesmo caçando a onça que comera naquele final de tarde. O que a Grande Mãe pretendia mostrando-lhe a sua própria face? No entanto, ela não dizia nada, apenas sorria enquanto sobrevoavam os céus, mergulhando nas nuvens. Quando Kaluanai avistou a caverna em que estava, pôde, por fim, entender a razão da viagem que faziam juntos: a caverna estava localizada entre dois morros ainda mais altos, e uma luz dourada saía de dentro dela. Dourada como o arco das mil flechas! A arma que salvaria a sua família estava lá!

Kaluanai acordou num sobressalto. Sentou-se de pernas cruzadas, fechou o punho esquerdo e deu socos leves na mão direita, que estava aberta, agradecendo a Grande Mãe pelo socorro. Empolgado, entoou um dos cânticos que aprendera com Jaci, sua mãe, e que as Irmãs do Gavião também cantavam durante o ritual sagrado. Sua missão estava ali, naquela caverna. Ele sorriu ao pensar no modo como Anahi o receberia ao vê-lo com o arco das mil flechas em suas mãos.

Era preciso desbravar as profundezas daquela caverna. Kaluanai não tinha outra escolha. Encontrou, caído ao lado de uma árvore ali perto, um tronco velho e usou-o junto com algumas pedras para fazer uma tocha. Desse modo, entrar no labirinto de rochas, lama e lodo não seria algo tão assustador. O guerreiro fez uma última prece à Grande Mãe e entrou na caverna.

Precisou se agachar um pouco para descer até os corredores. Suas pisadas eram delicadas como o andar de uma garça, de modo que não escorregasse. Com a tocha, pôde iluminar os corredores e ver com nitidez as paredes da caverna. Eram pretas e chamuscadas, como se tivessem sido queimadas há muito tempo. Kaluanai olhou para o chão e se surpreendeu ao ver que não havia quase nada que pudesse gerar algum atrito com os seus pés. Viu alguns galhinhos amassados nos cantos do corredor e folhas mortas pelo caminho, mas nada que impedisse a sua caminhada. O chão estava gelado como o ar, a única fonte de calor era a sua tocha.

Caminhando mais um pouco, o guerreiro encontrou uma bifurcação. Pegou uma pedra no chão e jogou-a para o alto enquanto cantava outra prece para a Grande Mãe. O pedregulho cairia na direção que Kaluanai deveria tomar. Seguiu então à direita. Uns poucos passos mais para dentro da caverna e vislumbrou três novos caminhos, três possibilidades distintas que o aguardavam para que ele escolhesse uma delas. O pedregulho indicou o caminho do meio. Não que a sua decisão fizesse muita diferença, pois bastava uma breve iluminada de sua tocha, e era possível constatar que todos os corredores tinham o mesmo aspecto do primeiro que vira. Mais adiante, cinco corredores o esperavam. Para onde todos aqueles caminhos o levariam?

Tomando sempre o caminho indicado pela pedra, Kaluanai chegou a um corredor que fazia uma grande curva, diferente dos outros, que eram sempre em linha reta. Precisou tomar cuidado para não esbarrar nas paredes pretas e, por um trágico acidente, apagar a tocha que o ajudava a enxergar. Notou que, quanto mais para o interior da caverna se dirigia, mais gélido o ar se tornava. Ao alcançar o final da curva, o guerreiro percebeu que chegara a uma das bifurcações que cruzara minutos antes, pois reconhecera um galho jogado no canto em formato de Y. Irritado, Kaluanai se ajoelhou para fazer outra prece à Grande Mãe. Encontrar o arco das mil flechas era uma incumbência apenas sua, mas Ela sempre estaria disposta a ajudá-lo.

O impacto de seus joelhos no chão causou algo que Kaluanai jamais esperaria: o chão da caverna cedeu, ocasionando a sua queda para baixo dela. O guerreiro gritou de susto e, apesar de ter caído, conseguiu manter o braço erguido, conservando a chama da tocha acesa, ainda que sua luz tivesse diminuído. Kaluanai encontrou uma pequena fissura no chão e colocou a tocha ali, de modo que ela não se apagou. Tentara escalar as paredes para voltar ao lugar onde estava, mas era inútil: elas eram escorregadias demais. Tudo o que ele conseguiu foi criar calos nas mãos e um corte no dedão esquerdo. Apanhou uma pedra do chão e entoou uma nova prece, para que a Grande Mãe a abençoasse com o poder da escolha, como fizera com a anterior.

Enquanto cantava, lembrou-se de um episódio de quando era menino, antes de sua passagem para a vida adulta. As crianças geradas pelos Guerreiros da Selva Rubra tiveram certa vez a missão de buscar vindecaás[1] para uma festa de agradecimento à Grande Mãe pela farta colheita obtida. As flores seriam usadas pelas Irmãs do Gavião para enfeitar as entradas das tendas e serem penduradas entre os adornos que as mulheres usavam em seus corpos. Kaluanai viu a beleza delas e o perfume que exalavam. Viu também como as moças de seu povo estavam encantadas com os ramalhetes que as Irmãs produziram para enfeitar a esteira do homem sábio. De manhãzinha, quando quase todos os Guerreiros dormiam, Kaluanai roubou um dos ramalhetes e rearranjou a forma como estavam posicionados, de modo que ninguém desse falta do que ele pegara. A festa ocorreu como se nada tivesse acontecido. No dia seguinte, ele o entregou a Anahi, que na época também era menina. A princípio, ela ficou furiosa, pois sabia que se tratava de um ramalhete consagrado, mas se alegrou assim que viu o seu sorriso

---

[1] Uma espécie de arbusto típica de regiões tropicais. Também conhecida como "Alpínia".

e entendeu que aquele segredo seria somente deles. Nenhum dos outros Guerreiros tinha conhecimento daquilo. Seriam esses percalços um castigo da Grande Mãe pelo que fez? Estaria Kaluanai pagando agora por uma travessura de menino?

    Assim que abriu os olhos, ouviu o som contínuo de algo que chacoalhava. Era um barulho alto e que os corredores ecoavam, de modo que Kaluanai teve dificuldade para identificar de onde vinha. Notou também que o ar daquela outra parte da caverna era muito mais quente que o dos corredores de cima, onde estava antes de cair. Em questão de segundos brotaram de seus cabelos gotículas de suor que escorreram pelo seu rosto e peito. Aracum disse que o arco das mil flechas emitia um calor intenso, e Kaluanai sorriu ao se lembrar disso. Se não era possível identificar de onde vinha o barulho, o guerreiro precisava descobrir a origem do calor que o deixava ofegante. Tateou as paredes – também chamuscadas – e detectou, entre as trilhas que estavam ao seu dispor, a mais quente dentre elas.

    Caminhou entre os corredores, mesmo sentindo que seu corpo não suportava a temperatura do lugar. Seu coração disparou e sentiu que suas mãos já não conseguiam mais segurar a tocha. Sua garganta estava seca, e Kaluanai precisou parar para puxar mais ar. Quanto mais andava, mais precisava repetir o movimento. Inspira, expira, inspira. O barulho de chacoalhar ressoava mais forte, o que aumentava o seu nervosismo.

    Mas a Grande Mãe recompensou todo o seu esforço. Ao chegar ao final de mais um corredor, encontrou uma grande câmara e, em seu centro, estava o arco das mil flechas. Kaluanai viu nele cada detalhe que Aracum descrevera: o cabo encurvado, grosso e brilhante, os desenhos circulares em sua superfície, o fio fino, quase transparente, que ia de uma extremidade a outra. Ele se perguntou quantos guerreiros seriam dignos de empunhá-lo e viu que, para alcançá-lo, teria que escorregar por uma descida íngreme, uma vez que o cômodo era côncavo, e o arco estava no centro.

Quando conseguiu se manter de pé no local, Kaluanai deu um grito de pavor. Vários ossos se amontoavam no chão, crânios misturados a carcaças podres que atraiam insetos famintos. O odor que emanavam fez o seu estômago embrulhar. Correu em direção ao arco; era preciso apanhá-lo rápido e sair dali o mais depressa possível. O que quer que tenha feito aquilo poderia estar ali por perto. Após apanhar a arma, tentou escalar a descida de onde viera.

O barulho de chacoalhar se intensificou e, com ele, a alta temperatura da câmara. Algo vinha ao seu encontro, e Kaluanai não queria saber o que era. Entretanto, suas tentativas de subir o declive da ladeira eram vãs. O pânico subia de seu peito pelo pescoço.

De outro dos buracos que davam para aquela câmara, Kaluanai viu a criatura que o procurava. Uma cobra gigantesca, maior do que dez jangadas juntas, entrou na câmara. Era grossa como o tronco de uma árvore e exibia suas presas do tamanho de flechas pequenas enquanto se arrastava pelo chão. O guerreiro percebeu também que ela era a fonte de calor: saia fumaça de sua pele amarelada e, em alguns pontos, suas escamas desbotavam devido à quentura de seu corpo.

Kaluanai lembrou-se do poder do arco e decidiu usá-lo para salvar a sua vida. Levantou o tronco, alinhou os ombros e puxou, como se tivesse uma flecha imaginária, o barbante para trás. Uma flecha dourada apareceu! A magia do arco era real! Mirou-a na cabeça da cobra e a acertou. Um grande estrondo se ouviu no lugar, e um pouco de fumaça rodeou a cabeça do animal por alguns segundos. No entanto, o sorriso de Kaluanai fora breve. Após a fumaça se dissipar, viu que o rosto da cobra estava intacto, a flecha não fizera um arranhão sequer em seu corpo. O guerreiro tirou uma das flechas comuns de sua aljava e lançou-a numa nova tentativa de se defender. A pele da cobra deixou, então, de emanar fumaça para pegar fogo, apenas a sua cabeça não fora tomada pelas chamas. A flecha caiu no chão ao ter contato com a superfície das labaredas.

Num movimento ágil, a cobra deu um bote em sua coxa direita. Kaluanai correu em outra direção enquanto o sangue escorria por sua panturrilha, mas a dor o fez escorregar numa poça de lama. Caído de bruços, tentou se arrastar para longe, mas o animal deu outro bote, dessa vez arrancando o seu pé. Ninguém ouviria seus gritos; estava no coração da caverna, muito distante do círculo que fizera com as penas de Aracum para dormir. Olhou para o toco de perna deixado pela cobra. Jamais poderia lutar novamente. Tateou o chão e encontrou um crânio, que atirou na direção do bicho, mas sabia que fora o movimento mais idiota de toda a sua vida. O crânio fora consumido pelas chamas, que agora estavam maiores. Vesículas apareceram em sua pele devido ao calor.

Em uma nova investida, a cobra arrancou seu outro pé. Seria impossível sair dali. Kaluanai sentiu um líquido de seu estômago subindo rumo à sua boca, vomitou-o e seu corpo perdeu as forças de vez. Sua cabeça caiu em meio àquele líquido. Conseguiu levantá-la enquanto seu corpo todo tremia. Era preciso dar uma última olhada em seu algoz. Assim como os crânios que vira ao entrar no recinto, Kaluanai fora outra das refeições daquele animal impetuoso. Lembrou-se da batalha que estava perdida e de tudo o que aconteceria ao seu povo. O arco jamais sairia daquele lugar! Que a Grande Mãe tenha piedade dos Guerreiros da Selva Rubra!

UM INIMIGO EM COMUM

Embora esta carta tenha sido escrita em 1681, sua existência veio a público somente em 1898, ao ser encontrada nos porões de uma fazenda, em São José de Ribamar, no Maranhão. Devido à sua localização à época e a outras evidências posteriormente obtidas, acredita-se que ela nunca chegou ao seu destino pretendido. Atualmente, a original está no acervo de um museu em São Luís. A réplica abaixo é uma adaptação para o português contemporâneo feita por Sérgio Prado de Abreu[1].

---

[1] Historiador maranhense. Graduado em História pela Universidade Federal do Maranhão (1957), cursou mestrado e doutorado na Universidade de São Paulo, concluindo este último em 1969. Sua tese, intitulada *Resgates do Brasil colonial: conflitos e confluências entre portugueses, espanhóis e indígenas*, recebeu prêmios e é recordada em cursos de História do Brasil inteiro. Foi professor do curso de História da Universidade Estadual do Rio de Janeiro entre 1972 e 2001, sendo nesse período um dos docentes responsáveis pelas disciplinas sobre o período colonial do Brasil.

São José de Ribamar, 13 de novembro de 1681

Ao general Alencar,

Espero ter condições de seguir em breve para o Fortim de São José e, desse modo, ajudá-lo a proteger as Terras da Coroa de possíveis invasores. Precisei voltar para convocar novos homens e recolher suprimentos para uma segunda tentativa de viagem. Embora diga aos demais que o trajeto será tranquilo e que imprevistos sempre acontecem, a verdade é que estou apavorado: temo passar pelo que enfrentamos semanas atrás mais uma vez! Escrevo para relatar os fatos e também como um intento de, ao pôr em palavras nossos infortúnios, controlar meus sentimentos de alguma forma.

Tudo começou num fim de tarde. Seguíamos pela floresta rumo ao nosso destino. Quatro leais soldados portugueses me acompanhavam: Álvaro, Ezequiel, Justino e Murilo. Capturamos, dias antes, três prisioneiros que eu acreditei serem de teu interesse: Arcadio, um padre espanhol que, após levar uns safanões, confessou ter planejado uma emboscada contra vilas maranhenses com o intuito de reivindicá-las para a Espanha depois, e dois índios que pouco falam. Chamam-se Taquarú e Pojucá, ambos de uma tribo autointitulada "Guerreiros da Selva Rubra" e que, como sabeis, estão entre os que mais causaram danos aos europeus. Sua inteligência para as guerras, aliada à resistência ao domínio que demonstram, os tornam um grave obstáculo para os nossos objetivos. Com muito custo, descobri que pretendiam se aliar ao padre, pois ele lhes prometera ajuda contra os portugueses caso lograssem sua conquista.

Nosso acampamento permanecia quieto e não havia razão para ser diferente. Receava que ruídos quaisquer atraíssem atenções indesejadas. Próximo às chamas da fogueira,

Álvaro me auxiliava a limpar as minhas botas e a trocar as solas. Eu fazia planos com o dinheiro que pretendia ganhar com a entrega dos três. É de vosso conhecimento que espero trazer minha amada Dulce para constituir família nesta terra de tantas oportunidades. Os demais soldados comiam a carne de um pássaro, requentada numa panela velha, e os prisioneiros estavam acorrentados e sentados no tronco de uma árvore cortada.

Foi o canto de uma coruja que me alertou. Atentei meus ouvidos para o som de passos no solo que remexiam a terra. Sabia, por minha experiência neste lugar, que um animal não se moveria assim, sem cuidado. Ao ver o contorno de um homem, convoquei meus soldados com um assobio. Nunca saio de perto de meu arcabuz durante uma viagem, e foi por esta razão que o peguei tão rápido. Meu primeiro tiro não tinha a intenção de abater inimigos, mas de mostrar-lhes que não estavam enfrentando um aventureiro inexperiente. O alarido espantado deles era um sinal de que a luta estava para começar.

Apontando com os dedos, pedi que Álvaro se responsabilizasse pelos prisioneiros. Ele pegou-os pelas correntes e os levou para uma direção específica da mata. Meus homens conheciam a minha estratégia para situações como essa, a qual, se permites a falta de modéstia, sempre foi bem-sucedida: separarmo-nos para vencer, de modo que o inimigo não saiba por onde os ataques vêm. Afastamo-nos uns dos outros e a distância seria a nossa principal aliada.

Ezequiel me acompanhou, Justino e Murilo foram para o outro lado. Nossos passos eram cautelosos, jamais denunciaríamos nossos paradeiros por meios tão estúpidos. Minha pontaria estava a postos e não baixei a guarda em nenhum momento. O tempo me ensinou a mirar com os olhos e com a mente.

Uma rajada de tiros que nunca ouvi antes nestas terras cortou o silêncio que pairava no ar até então. Ouvi o grito de

Justino e, diante de seu abatimento, vi-me obrigado a improvisar. Com a ajuda de Ezequiel, subi numa árvore grande e grossa, cujo tronco inclinado facilitava a escalada. Meu companheiro disparou dois tiros em direção desconhecida, apanhou três pedregulhos do chão e os atirou em direções distintas. Confundir o inimigo, lição aprendida.

Do alto da árvore, puxei as folhas verdes de um galho para que me cobrissem com sua ramagem. Creio que apenas minhas mãos eram visíveis a olhos mais atentos. Como eram numerosos os soldados espanhóis! Perceba quão tensas eram as circunstâncias em que nos encontrávamos!

Perguntei a Ezequiel se havia munição em seu arcabuz, e o jovem confirmou com a cabeça. Calculei que minhas balas não seriam suficientes. Pensei, pois, em como prejudicá-los usando o mínimo possível de nosso armamento. Vi que estavam próximos de um frágil barranco, cujo solo vertia água, e ocorreu-me então a ideia de usá-lo a nosso favor.

Disparei o primeiro tiro num arbusto ali perto. As vestes dos soldados se encheram de terra, e estes passaram a olhar na direção da pobre planta que despedacei. Como ficaram de costas para mim, só tive o que comemorar. Com a distração deles, abati cinco soldados. Estavam confusos por não saber de onde o próximo tiro viria, então mirei numa das bases do barranco e atirei outra vez. Desesperados, os espanhóis correram separadamente sem quaisquer critérios. Sorri. Vi dois pararem próximo a uma castanheira. Ofegantes, não se deram conta de que havia uma jararaca enrolando-se em seus galhos. Um tiro meu e ela caiu no chão. O veneno desse animal os mataria como eu jamais o faria.

Ordenei a Ezequiel que subisse para me entregar seu arcabuz, uma vez que minha munição acabara, e ainda faltavam alguns para abater. Enquanto ele escalava, ouvi galhos se partindo. Minha posição, antes tão segura, tornou-me vulnerável. O peso de dois homens grandes era um fardo para aquela árvore! Seus galhos se inclinaram e alcançaram o chão de modo tal, que a minha queda se tornou certa. Vociferei para que Ezequiel voltasse, mas não foi suficiente. O estrago no tronco já estava feito. Lancei minha arma na terra e pedi ao infante que me jogasse a dele, mas sua pontaria não o ajudou. As duas foram para o chão. Minha vaidade tapou meus ouvidos e não vi que os últimos galhos resistentes cediam. Ordenei-lhe que tentasse outra vez. Quando se preparava para jogar o arcabuz, meu galho se partiu em pedaços, derrubando-me.

Quando nos encontrarmos no Fortim, desejo que me respondas, general: seria possível não gritar numa hora dessas? Meu corpo não obedecia aos meus comandos, e minhas mãos não paravam de apalpar a perna esquerda, agora danificada pela queda. Era como se ela não me deixasse pensar em outra coisa que não a dor. Minha respiração tornou-se ofegante. Com certa dificuldade, pus-me de pé, e Ezequiel se ofereceu para me ajudar a andar. Meu raciocínio estava frágil demais para perceber que tal empreitada nos tornaria alvos fáceis para o inimigo, mas a vontade de sobreviver e voltar a ver Dulce sempre fala mais alto em meu coração.

Ao aproximarmo-nos de uma relva cercada de mafumeiras grossas e copas imensas, vi uma imagem que me entristecerá por muitos anos: o cadáver de Álvaro. Formigas andavam pelo seu corpo, e a palidez se havia apoderado de seu rosto. O cheiro fétido revolveu minhas entranhas. Após uma rápida oração, pedi a Ezequiel que tomássemos outro caminho.

Anoitecia. Voltamos ao acampamento inicial e, para a minha surpresa, poucos pertences estavam fora do lugar. Encontramos um lampião e o acendemos com as lascas de uma pedra. Entretanto, sabíamos que aquele local não era mais seguro.

De longe, avistamos três soldados espanhóis. Escondi-me atrás de uma árvore e ordenei a Ezequiel que ele ficasse em outra. Enquanto meu companheiro se ajeitava para poder mirar os invasores de onde estava, um tiro o abateu.

Sozinho, ouvi aqueles passos amaldiçoados vindo ao meu encontro. Não sabia dizer se eles me viam. Respirei fundo. Sem planejamento algum, virei-me para atirar, contando apenas com os meus reflexos. Abati dois.

O terceiro homem se acercava e, ao preparar meu arcabuz para novos tiros, a arma emperrou. Com o auxílio de meu lampião me iluminando, sacudi-a e insisti na trava para que ela voltasse ao normal, mas não obtive êxito. Bufei de raiva.

Ele andava para trás e estava de costas para mim, mas permanecia atento ao seu redor. Com o arcabuz em riste e a pontaria atenta, não seria fácil vencê-lo.

Entendes de guerras e batalhas tanto quanto eu e creio que agirias usando os mesmos recursos se estivesses em situação semelhante. Usei o arcabuz como um porrete e dei-lhe um golpe na cabeça. Contudo, a fraqueza, intrusa em minha perna devido à queda de horas antes, contagiava o resto de meu corpo. A pancada fora insuficiente para causar-lhe danos comprometedores, conforme eu pretendia.

O homem tateou a própria cabeça e viu um filete de sangue escorrer em suas mãos. Antes que ele se virasse para ver o que o atingira, pulei em suas costas. Ele tentou se desvencilhar de meu peso pressionando-me numa árvore. Ainda que eu sentisse o impacto de seu feito, e este me deixasse mais frágil, fui mais rápido. Enfiei meus dedos em seus olhos. Ele me soltou por causa da dor e caiu de joelhos no chão. Enquanto o espanhol levava as mãos ao rosto, dei-lhe uma segunda porretada com o arcabuz.

Apelei para um chute. O homem espatifou-se, deitado. Quando ele se virou de barriga para cima, ajoelhei-me em torno de seu quadril e passei a socar o seu rosto com a arma. São Jorge, meu eterno protetor e a quem devo o nome, era o único capaz de me dar forças naquele momento. Lembro-me de tê-lo ouvido gritar uma última frase: "*Señor, tenga piedad de mi vida*". Talvez tenha sido pouco antes de o sangue jorrar de sua boca e seu rosto se tornar um emaranhado disforme de ossos quebrados.

Sua carcaça jazia no chão. Não havia mais vida no pobre homem. Rolei para o lado e caí. As chamas do lampião, há poucos metros de distância, apagaram-se.

Ouvi uma rã coaxar. Poucos segundos depois, ela sugou com a língua algum inseto infeliz. O animal estava numa situação melhor do que a minha. Os homens pensam ser senhores deste mundo, mas a verdade é que nosso reinado é frágil. Arranque-nos o pouco de conforto que desenvolvemos e tornar-nos-emos a mais fraca das espécies outra vez.

Não sei quanto tempo depois, vi pontos de luzes amarelas aproximando-se. O claror enfraquecia minha visão, de modo que fechei os olhos. Tapei meu rosto com as mãos. Tampouco era meu desejo saber quem vinha.

Senti alguém chacoalhando de leve meus ombros. Ao ver quem era, desejei estar morto ao lado de meus leais soldados. Seria uma morte mais digna, sem dúvida!

O padre Arcadio vinha acompanhado de dois soldados espanhóis. Taquarú e Pojucá levaram consigo pelo menos vinte Guerreiros da Selva Rubra, todos segurando tochas acesas. Queriam ver-me morrer com requintes sádicos de crueldade.

– *Se equivocó cuando nos prendió de una manera tan dura. Ahora usted es nuestro prisionero* – sussurrou o padre.

Os infantes me levantaram. Mesmo mancando, era capaz de seguir. O canto de cigarras e grilos enchia os nossos ouvidos enquanto caminhávamos. Éramos a marcha mais excêntrica que podes imaginar. De vez em quando, um dos soldados socava minha nuca. Ignorei-o o quanto pude. Seus socos tornaram-se mais fortes. "*¡Humillen el capitán de los muer-*

tos!", um deles riu. O padre pediu que parassem, mas os dois não pareciam se importar muito com a vontade do sacerdote.

Detivemo-nos de repente. Um deles agarrou a minha mandíbula, e meus lábios formaram um bico.

– *Qué creerá que le haremos, imbécil? Mató nuestros hombres, jugó con nosotros. Seré yo quien le herirá por días interminables. Sacaré cada uno de sus dedos con mi alicate personal...*[2]

Ele ria. O padre Arcadio bateu em seu ombro e ralhou com o soldado mais uma vez. Ele se chamava Gastón; era um soldado jovem e, como tal, sentia uma necessidade absurda de autoafirmação. O outro soldado também o ameaçou, o que fez com que eles trocassem bravatas e impropérios. Os índios olhavam a discussão com indiferença.

Gastón não parecia disposto a desistir. Sacou uma faca e a colocou em minha garganta enquanto proferia seus desejos de me torturar. O segundo soldado seguia tentando acalmar o colega. Senti pena dele. Seu companheiro de lutas era um completo inconsequente.

Um grito rouco e cavernoso interrompeu essa cena pavorosa que vislumbravas. Os espanhóis se calaram com o intuito de identificá-lo. O segundo grito, mais alto, indicava que seu emissor estava mais perto.

Os índios, até então calados, passaram a conversar entre si, visivelmente alterados. Seus olhos arregalados e prestes a chorar não podiam indicar outra coisa. O medo é uma expressão universal e identificável em qualquer lugar. Talvez, se eu entendesse seus bramidos, não teria sentido tanto desprezo por vê-los acovardados. Pudera eu ter o dom das línguas naquele momento!

---

[2] Tradução: O que crê que faremos com você, imbécil? Você matou os nossos homens e jogou conosco. Serei eu a feri-lo por dias intermináveis. Tirarei cada um dos seus dedos com o meu próprio alicate.

Alguns Guerreiros da Selva Rubra deixaram as tochas caírem no chão quando correram desordenados. Confusos, os espanhóis me agarraram pelos sovacos para que eu não fugisse. Arrastaram-me com eles. Pojucá foi o único a não os deixar para trás.

O grito ecoou pela noite novamente. Pouco depois, ouvi um índio apavorado berrando. Aqueles guinchos horrendos agora pareciam mastigar alguma coisa – ou alguém, como pude constatar pouco depois.

Paramos próximo a um riacho. Os espanhóis comentaram entre si que o rio os levaria ao acampamento deles e, chegando ao local, decidiriam o que fazer. Tinham dificuldade para andar. Esfregaram com pressa as botas, empapadas de lama, usando a água que fluía diante de nossos olhos.

Desesperado, Pojucá falava sem parar e apontava na direção do acampamento. Mais do que nunca, o pobre nativo desejava falar nossos idiomas. Os gritos dos índios, seguidos dos urros guturais mastigando e salivando, não cessavam.

Algo acertou a cabeça de um dos soldados, abatendo-o.

– *Rigoberto, por diós, ¿qué te hicieron?*[3] – Gastón se ajoelhou próximo ao rapaz. Descobriu que foi um cupuaçu o responsável pela morte do amigo.

O soldado ordenou que eu me ajoelhasse e mantivesse a cabeça para baixo. Ele andava para os lados, vociferando que eu era seu refém e que o executor de Rigoberto sofreria os mais bárbaros castigos.

Outro cupuaçu atingiu Arcadio. O padre jazia morto em meio às raízes inextricáveis de uma árvore. Ao olhar de soslaio para os espanhóis recém-assassinados, vi que atiravam as frutas de uma árvore específica, mas nada disse. Se era para morrer, que fosse pelas mãos de alguém mais inteligente que Gastón.

---

[3] Tradução: Rigoberto, por Deus, o que fizeram com você?

Pojucá puxou o braço do espanhol, pedindo que o acompanhasse. O rapaz me levantou e agarrou-me pela nuca, mas o índio tirou as mãos dele de cima de mim. Outro grito humano ecoou, perdido pela noite, interrompido pelos urros que até então desconhecíamos.

Eu devia ser deixado para trás. Se os dois tinham alguma chance, precisavam correr sem se preocupar com um prisioneiro incapaz de acompanhar o ritmo necessário para que sobrevivessem.

Creio que era a terceira vez que me via sozinho aquela noite. Pernilongos me picavam, e estava demasiado fraco para espantá-los. Um vulto se mexia no alto da árvore de onde os cupuaçus foram atirados. Tentei fugir. Meus passos eram frouxos, enquanto a figura misteriosa descia com facilidade segurando-se em cipós. Ele me seguiu, mas eu não queria saber quem era. Quando senti tocarem meus ombros, tentei desvencilhar-me, embora estivesse muito debilitado para tal. Até meus gritos eram finos e cansados. O homem deu tapas leves em meu rosto, pedindo que eu me recompusesse.

– Capitão, capitão... sou eu! Não vês?

Que alegria inundou meu ser naquele momento! Nosso Amado Senhor, criador dos céus e da Terra, nunca abandona seus servos. Era Murilo, o último de meus soldados!

Explicou-me afobado que fora ele que abatera Rigoberto e Arcadio e colhera as frutas pouco antes de subir na árvore em que estava trepado há algumas horas, mas que não dispúnhamos de tempo para falatórios. Assim como os demais, precisávamos nos esconder.

Segurei-me em seu braço, aliviado, para poder andar. Disse-lhe que algo caçava os homens naquela noite, e seria mais fácil para ele sobreviver se, assim como Pojucá e Gastón, abandonasse-me. O soldado, irritado com o pedido, retrucou que jamais abandonaria seu capitão e que de nada adiantaria sobreviver com a dignidade manchada por esse episódio. Terás que promovê-lo assim que possível, general. A honra de Murilo é espantosa.

Antes de seguirmos, ele resgatou seu arcabuz, que estava escondido entre lama e frutos caídos próximos a uma rocha.

Eu precisava parar para respirar com cada vez mais frequência. Seria de um egoísmo imprudente de minha parte comprometer as chances de Murilo sobreviver, e tornei a pedir que o soldado me deixasse só no meio da selva. Ele ignorou-me e segurou meu braço com mais força.

Deparamo-nos com outro relvado. A lua cheia iluminava tudo com nitidez. Aos pés de uma itaúba, vi a criatura que provocara tanto pânico nos índios. Receio que nem as pinturas católicas retratando demônios bíblicos sejam tão assustadoras quanto aquela fera assassina!

Creio que media por volta de dois metros, e seu corpo humanoide era todo coberto de pelos marrons. Havia um único olho em sua cabeça emendada nos ombros, e o órgão a ocupava quase por inteiro, não fosse o nariz pequenino. Os braços grossos terminavam em mãos cujas unhas tinham o comprimento de lâminas de um facão. A boca tomava todo o seu tronco e, quando abria, dava-nos a impressão de estarmos diante de um abismo. Seus dentes afiados estavam alinhados na vertical, e a língua, quando a punha para fora, era do tamanho de meu antebraço.

O animal segurava uma perna humana no braço esquerdo e o resto do corpo no outro. Lançou o membro na boca e o mastigou sem a fechar. Sua língua estalava em meio aos dentes sujos de carne.

Reconheci o homem de imediato. Era Gastón! A dor do soldado podia ser ouvida a quilômetros de distância. Sangue escorria sem parar de seu toco remanescente. O monstro arrancou a outra perna como quem parte um graveto pela metade. Gastón seguia gritando. Saliva vermelha escorria da bocarra da criatura. Ela cuspiu alguns dejetos, restos do corpo que comia.

Cansada das lamúrias do infante, a fera abocanhou sua cabeça, matando-o de vez. Enquanto a mastigava, encarou-nos. O olho único piscava. Víamos nossas silhuetas em sua pupila. A criatura jogou os restos de Gastón no chão e veio em nossa direção.

Fugimos. Num dado momento, Murilo virou-se e atirou. O disparo acertou o animal, mas ele continuou correndo em nosso encalço. Talvez o ferimento tenha sido superficial.

Encontramos uma árvore cujas raízes formavam uma espécie de concavidade. O buraco, contudo, era pequeno para dois homens adultos. Apenas as panturrilhas de Murilo foram cobertas por ele. Ofereci-me para ficar de pé também, de modo que ele pudesse enfiar-se um pouco mais. O soldado se recusou. Disse que eu estava debilitado e não poderia ceder espaço para um jovem saudável como ele.

A fera estava em frente ao nosso abrigo. Seu joelho inchou devido ao tiro de Murilo. Ela avançou, suas pernas eram fortes como cavalos galopando. Não interessava se éramos indígenas, espanhóis ou portugueses, a criatura devoraria a todos os humanos que encontrasse, sem distinção.

Murilo atirou, acertando seu outro joelho. A criatura seguiu adiante, indiferente. Outro tiro, nada. O soldado afirmou ter uma ideia, mas disse que estávamos muito longe do bicho ainda para executá-la. Ele teria que sair do abrigo. Implorei-lhe que não o fizesse, a fera o mataria sem escrúpulos. "Não entregais a vossa vida a troco de nada." Meu companheiro respondeu que, no abrigo, o animal nos apanharia de qualquer modo. Precisávamos ser orgulhosos para, pelo menos, morrer tentando enfrentá-lo.

Ele saiu. Inclinou a perna esquerda para a frente como quem mira de longe. Encaixou o olho para mirar. O animal estava a alguns metros dele. Pouco antes de alcançá-lo, abriu a bocarra para grunhir. Certeiro, Murilo deu um tiro que adentrou o interior de sua garganta.

A criatura parou. Seus urros tornaram-se dolorosos. Encarou Murilo. Havia ódio em seu único olho. Andou cambaleante em sua direção, tossindo e cuspindo sangue. Num dado momento, caiu de joelhos. Não parava de gemer e berrar. O soldado deu um segundo disparo, acertando pouco abaixo de sua boca, e ela caiu no chão, de bruços.

Não permita, Deus, que algum dia eu duvide de sua existência. Rezei quantas preces me recordei naquele momento, até as orações de meu santo protetor entoei. Quando Murilo voltou para me resgatar, abracei-o e beijei seu rosto com uma doçura que até então reservara apenas para Dulce.

O soldado se desvencilhou de minha figura e pediu que saíssemos dali o quanto antes. Não sabíamos se havia outras como aquela criatura por perto. Nossa viagem de retorno não poderia parar sequer durante a noite. Pouco antes de sair, vimos formigas andando pela besta que pretendia matar-nos. Talvez pela manhã algum urubu fizesse do cadáver sua refeição matinal. A natureza seguia seu ciclo sem fim.

Seguimos. A esperança dada pela morte do animal deu forças à perna machucada pela queda. Mesmo apoiando-me em Murilo, andei o mais rápido que pude.

Próximo a um ajuntamento de flores, encontramos Pojucá. O índio não pareceu contente em ver-nos. Tentamos explicar, com gestos e palavras curtas e diretas, que a criatura fora abatida. Ele pareceu entender e fez uma saudação que interpretamos como uma forma de agradecimento. Gesticulando com os braços, mostrou-nos o que seria a direção da vila de onde viemos.

Convidamos o guerreiro para acompanhar-nos e, para nosso espanto, ele aceitou.

Quando amanheceu, Pojucá pediu para pararmos. Fez uma pasta com ervas e polpa de uma fruta e pediu, entre gestos e apontamentos, para eu passá-la todos os dias na perna ferida. Como num milagre, a dor diminuiu em poucas horas. Pude enfim caminhar sem me apoiar em Murilo.

Era estranho ter um companheiro de viagem que não entendia nossas palavras, e penso que o índio também demonstrava desconforto em relação a essa experiência. Pojucá não falava muito ao longo do trajeto, exceto quando parávamos para comer e ele ajudava a caçar algum animal ou para avisar se um fruto era comestível ou não.

Levamos cerca de oito dias para chegar. Eu e Murilo rimos, ensandecidos, quando vimos nossa vila. Nunca estive tão feliz em vê-la. O índio nos olhava como se fôssemos tolos, e de fato o éramos naquele momento. Mas isso não importava.

Chegamos ao casebre em que estávamos hospedados antes de partir. Quis expressar minha gratidão. Pojucá salvou nossas vidas tanto guiando-nos pela mata quanto pela pasta que curou minha perna. Entreguei ao índio um caixote de madeira com carne e legumes. O índio agradeceu, abaixando a cabeça, e partiu. Atentei-me para os círculos vermelhos e laranja desenhados em seu peito. Queria reconhecer outro Guerreiro da Selva Rubra caso o visse. Atos de generosidade nunca podem cair no esquecimento.

Assim que minha perna sarou por definitivo, preparei-me para partir. Mandei uma comitiva menor com esta carta e os instruí para que não fizessem o mesmo trajeto que fiz dias atrás, bem como que parassem e se escondessem durante a noite. Peço-te que os recebas com toda a polpa a que eles têm direito, general.

Os moradores da vila amedrontaram-se com meus relatos sobre a criatura selvagem, mas convenci uns poucos a virem comigo. As recompensas que ofereci fizeram com que alguns deixassem o medo de lado, ou foi o que disseram. Parto com um grupo de trinta homens, mas somente dez deles são soldados propriamente ditos. Verás, todavia, como todos são merecedores desse título, e creio que não vacilarás em ordená-los todos quando os conheceres.

Que Nosso Senhor te acompanhe e te guarde sempre,

Jorge Baltazar Coelho de Souza

Capitão de tropas e um eterno fiel
à Coroa Portuguesa

DE JOELHOS NO CONFESSIONÁRIO

Padre Jimenez, és tu mesmo? Perdão por interromper os teus afazeres, ainda mais após essa missa. Sim, sei que os índios te esperam lá fora. Posso ajudá-los a consertar as portas dos moinhos daqui de São Miguel Arcanjo, se quiseres. Assim me ouves, e compenso o teu tempo perdido. Mas é que preciso falar. E me disseram que viveste um tempo em Portugal antes de vir para o Rio Grande do Sul; logo, não há outro padre por aqui além do senhor que possa me ouvir. Se me permites o elogio, e quem me conhece sabe que não sou de bajular ninguém, teu português é, de fato, formidável.

Um momento, padre. Não estou acostumado a me ajoelhar em degraus de madeira. Não quis ofender este local sagrado, mas é que não é hábito meu mesmo. Não te preocupes, não te incomodarei mais com as minhas lamentações levianas. Há segredos muito mais graves que habitam o meu coração. A morte me ronda o tempo todo.

Foste muito benevolente ao mencionar o Senhor Custódio durante a pregação. Faz mais de um ano que o encontraram morto em São Nicolau. Lembro de toda a história muito bem. Os índios daquela redução o encontraram em cima de uma enorme pilha de lenha, com uma parte dos ossos dos braços para fora do corpo, esfoladuras nas costas, a cabeça rachada e sangue ao redor dela. Ninguém na época encontrou qualquer vestígio de pegadas no entorno da pilha ou marcas de que alguém a escalara. Parecia que algo ou alguma coisa veio de cima e o jogou ali. [...] Perdoe a minha mudez repentina, por favor. Aposto que sabes ler com destreza o silêncio das pessoas quando estão aqui. O silêncio sempre diz muito quando estamos prestes a desabafar. [...] Não ficarei mais quieto, prometo. Depois de tanto tempo calado sobre esse assunto, agora o que mais quero é falar.

Crerás que sou um louco quando eu terminar, talvez não me deixes mais pôr os pés aqui, mas necessito contar para alguém o que houve. Ninguém melhor para me ouvir além do senhor, padre.

Eu estava lá. Eu sei exatamente o que aconteceu.

É de teu conhecimento que sou um dos empregados dos Meirelles Gonçalo, família portuguesa à qual Custódio pertencia. Ajudo a cuidar do gado e dos cavalos pertencentes à família. Mudamo-nos para uma fazenda, aqui perto de São Miguel Arcanjo, a pedido da Coroa. Sei que os índios e até mesmo os jesuítas não se importam muito com os acordos políticos, mas é fato que, após o último Tratado entre portugueses e espanhóis, essas terras se tornaram portuguesas por força da Lei. Pediram que vivêssemos nesta região para ajudar a garantir o domínio lusitano. A ideia de abandonar as nossas terras na

Vila de Rio Grande tampouco nos agradou, mas ordens da realeza precisam ser sempre cumpridas.

Estabelecemo-nos numa fazenda a poucas horas daqui. Iniciamos, então, uma criação de gado que logo ganhou destaque na região. Pessoas vinham de várias partes do Rio Grande do Sul para comprar cabeças de boi. Até fazendeiros vindos das terras espanholas negociavam conosco. Os Meirelles Gonzalo faziam festas suntuosas e jantares fartos após o término de cada grande venda. O casarão deles era uma felicidade danada, muito diferente da melancolia que o habita hoje.

Foi na época em que uns soldados portugueses, vindos da Vila de Laguna, estavam de passagem pela região. Sabes que ainda somos vistos com desconfiança por aqui, e naquela época mais ainda. Portanto, eles não poderiam pernoitar em qualquer lugar. Um marquês da alta corte portuguesa recomendou que passassem alguns dias conosco para descansarem antes de rumarem à Colônia do Sacramento, seu destino final.

Levantaram acampamento perto da casa principal da fazenda. Aproveitaram os capins baixos, típicos da nossa região, para armar as barracas sem grandes obstáculos. Ficavam todas aglomeradas em torno de uma fogueira, que usavam para preparar mantimentos e se aquecerem à noite.

Eram quietos e sempre muito educados. Dois dos líderes do grupo, Antônio e Bernardo, observavam-nos trabalhar o dia inteiro com os bois. Abismavam-se com o talento de Custódio na laçada. Por mais que um bovino corresse, meu patrão e Adaga, cavalo que o acompanhava nos serviços da fazenda, sempre o alcançavam. Um dia, talvez por não estar perto o bastante para atirar o laço, apenas o chifre do boi se prendeu, o que fez com que ele balançasse a cabeça feroz para os lados, tentando se soltar. Seu Custódio disparou o cavalo na direção oposta, de modo que o bovino caiu no chão. Foi o tempo certo para ele sacar outra corda que mantinha presa no corpo. Nem sequer o vimos fazer outro laço, de tão rápido que era. O pescoço do bicho estava preso na corda antes mesmo de ele se levantar. O patrão sempre subjugava os bois que queria.

Antônio e Bernardo o aplaudiram e assobiaram com admiração. Pediram que ele os ensinasse. Começaram no dia seguinte. Os rapazes aprendiam rápido, e Custódio, bondoso como era, tinha habilidade na arte de ensinar. Contou-lhes alguns truques que praticava, como a postura certa para se manter no cavalo durante a corrida e o modo calmo de se aproximar do boi após laçá-lo.

Nunca fui um laçador tão habilidoso quanto o meu patrão. Restava-me apenas o trabalho de recolher os bois, levando os pobrezinhos para os estábulos e cercados. Mas não penses que eu era invejoso, padre. Sempre fiz o meu serviço com muita dedicação e lealdade aos Meirelles Gonzalo.

No terceiro dia, após laçar o quarto boi, Antônio propôs uma competição a Custódio: que os três laçassem os bois mais bravos da fazenda após os animais passarem o dia todo presos nos bretes. Quem laçasse o boi mais perto da porteira, ou seja, em menos tempo após a saída do animal, ganharia.

Mesmo sabendo que não deveria me intrometer nas conversas dos patrões, gargalhei com ânimo ao ouvir tamanha barbaridade. Imagina, dois homens recém-iniciados na laçada de bois inventando de competir com um dos maiores laçadores que já conheci! Os soldados me olharam com rispidez, e sorri em troca. Não me importavam os títulos que tinham, minha fidelidade não lhes pertencia.

Custódio empenhou-se em fazê-los desistir da ideia. Não estava interessado em competições, e não havia nada que aqueles soldados maltrapilhos pudessem dar que despertasse a cobiça do fazendeiro.

Os rendimentos que recebia com os negócios da família eram suficientes para manter Catita, esposa com quem se casara poucos anos antes, e o filho, com oito meses de vida.

Antônio foi o que mais insistiu. Disse que uma competição apenas tornaria a viagem mais interessante e lhes daria histórias para contar caso se reencontrassem no futuro. Convenceu Custódio quando lhe ofereceu o melhor cavalo que levava consigo. A ganância enfeitiçou o meu patrão. Se vencesse, a montaria seria dele. Se perdesse, dar-lhes-ia dez sacas grandes de açúcar e uma saca média com moedas de prata. Como sabemos, são itens valiosos para a troca de produtos.

No dia anterior à competição, eu esperava Acatú, um índio que trabalhava na fazenda, trazer do pasto uns bezerros perdidos, quando os soldados me abordaram. Era um frio final de tarde. Acendi uma fogueira perto do estábulo para assar uns pedaços de carne que levava comigo. Tomei um gole de chimarrão antes de eles dizerem as primeiras palavras.

"Quanto recebes para trabalhar guardando bois?"

"O suficiente para ter uma vida digna", respondi cabisbaixo.

"Se chamas o trapo que vestes de vida digna, é porque te contentas com pouco." Antônio riu.

"Isto é uma pala, e não a visto para agradar ninguém, mas para me proteger do frio." Os rumos daquela conversa não me agradavam.

"Tua pose de bom-moço não me convence. E não me esqueci de quando riste do desafio que fizemos a Custódio. Não é de bom tom rir de um soldado da Coroa, sabias?"

"Perdoe-me se o ofendi. O Senhor Custódio é o melhor laçador desta querência e..." Tentei conciliar-me com eles, mas fui interrompido.

"Sabemos dos talentos dele. E sabemos também que não ganhas o suficiente para ter vida digna nenhuma.

O salto de tuas botas está rachando, sinal de que o tempo de uso dela está próximo do final. Por que ainda não compraste outra?"

"Preciso de panelas novas para a minha casa. Minha esposa comenta o tempo todo que há furos nelas que a atrapalham no cozimento dos mantimentos, além de estarem com o fundo mais fino devido ao tempo de uso. Já perdemos refeições por isso algumas vezes, inclusive." Se eu pretendia ter uma relação amistosa com eles, não podia faltar com a verdade. Além disso, a mentira nunca esteve entre os meus hábitos.

"Ora, se economizas nos calçados para comprar panelas novas, é sinal de que umas moedas seriam bem-vindas em tua vida." Não encontrei argumentos contra essa afirmação. "Apenas quero vencer Custódio, mais nada. E não pretendo pedir nada que te ponhas numa situação embaraçosa com os teus patrões. Tudo o que quero é que escolhas o boi mais arisco para ele laçar. Só isso. Sei que ele é talentoso, mas não é onipotente. Mesmo o mais exímio homem tem algum ponto fraco."

"Não quero me indispor com os Meirelles Gonzalo."

"Não te indisporás se eles não souberem do *nosso* acordo. Da nossa parte, nada falaremos. Receberás três das sacas de açúcar que ganharemos e um terço das moedas de prata. Te parece razoável?"

"As panelas podem esperar", desconversei.

"Mas os bons sabores que tua língua pode provar, não." Ele sorriu.

Desviei os olhos para o pasto. O gramado baixo destacava as poucas árvores ali presentes; dentre elas, uma pitangueira parecia ser um bom esconderijo para madrugadas inseguras. Encarei-a. Qual seria o sabor daqueles frutos avermelhados caso fossem cozidos numa boa panela?

Os pedaços de carne queimavam na fogueira. Desajeitado, tirei os espetos dela e depositei-os numa bacia de ferro que levava comigo. Estavam esturricadas, quase se esfarelaram quando as cutuquei com um graveto que colhi do solo. Meus olhos constrangidos me denunciaram para os soldados. A ideia de trair os meus patrões não me parecia mais tão aterradora.

Antônio e Bernardo deram um aceno de despedida antes de partirem.

Encarei as chamas mais uma vez. As labaredas delas dançavam diante de mim como se me seduzissem para o seu interior. Vi um vulto esbelto me chamar com as mãos e, em seguida, se transformar numa bocarra atroz, capaz de tragar qualquer sujeito que dela se aproximasse. Se foi uma premonição ou coincidência, nunca saberei dizer.

Acatú despertou-me de minhas divagações. Guardamos os bezerros remanescentes e, em seguida, comemos a carne juntos. O índio foi dormir no casebre onde vivia, um pouco mais afastado do casarão do que o meu.

Em casa, no dia seguinte, uma panela furou pouco após a minha esposa servir-nos uma sopa que fizera para o almoço. O conteúdo dela se esparramou por todo o fogão à lenha.

"Jesus Maria José! Quando teremos dinheiro para comprar panelas novas, Geraldo?", ela me perguntou, chorando.

"Não sei, Macrina Bete", respondi. "Talvez... talvez antes do que imaginemos."

"E espero que possamos comprar cobertores novos, também. O inverno se aproxima e, se eu lavar as nossas cobertas no rio mais uma vez, converter-se-ão enfim em trapos, de tão velhas que estão."

No começo da tarde, aproximei-me do acampamento sem caminhar pela estrada principal. Preferi ir pela mata que cercava a fazenda. Antônio me viu entre os galhos finos de uma árvore e sorriu. Não precisamos trocar muitas palavras. Mesmo sem saber, traçamos o destino de Custódio ali mesmo.

A ideia me veio antes mesmo de procurá-lo. Custódio conhecia alguns dos bois, mas não todos. Na verdade, como recebíamos fartas compras na época, não necessitavam acompanhá-los com tanta frequência a ponto de reconhecerem os animais ou mesmo dar nomes a eles.

Apenas eu e Acatú éramos capazes de ver a individualidade sutil desses bichos. E recordava-me de um boi em especial: branco, quieto, solene, era único por vários motivos. Primeiro, por ser muito maior do que os demais, com um cupim que parecia uma colmeia, de tão volumoso que era. Os outros machos o evitavam. Apenas as vacas não receavam se aproximar; comiam capim e bebiam água perto dele sem qualquer constrangimento. Segundo, os chifres também avantajados davam-lhe uma vantagem sobre os outros. Numa briga com um dos poucos machos que se atreveu a enfrentá-lo, rasgou o rosto do rival com um corte que quase o deixou cego. Por muito pouco a ferida não alcançou os olhos.

Terceiro, e aqui apenas um boiadeiro perceberia quão estranho isso era, o boi parecia saber o que queríamos e evitava qualquer tipo de rusga com os homens da fazenda. Um dia, quando fomos buscá-los no pasto para guardá-los no cercado, ele rumou na direção da porteira antes mesmo de começarmos a conduzi-los. Estava calmo como uma garça à espera do momento certo para abocanhar um peixinho. Pólvora, um dos cães da fazenda, latiu para ele com o intuito de apressá-lo. O boi ameaçou o pobrezinho, trotando na sua direção. O cão insistiu, alternando entre investir e fugir de suas patas dianteiras. Rápido, o animal pegou-o com um dos chifres e jogou-o para o alto. Pólvora caiu e chorou, mas se levantou e preparou-se para outro ataque. Quando o boi percebeu que eu o observava, parou e seguiu num ritmo mais ligeiro. Nunca vi um bicho agir desse modo. Era como se ele não quisesse chamar a atenção e tivesse consciência disso.

Mas mesmo o mais sereno dos bois sempre quer se defender quando um homem tenta laçá-lo. O instinto de sobrevivência deles é um mistério que ninguém nunca desvendará, padre.

Custódio encarregou-me de escolher os animais que usariam. Meu patrão não me perguntou em momento algum por que ou como fiz as minhas escolhas. Sabes como são as coisas. Se trabalho corretamente, é como se eu fosse o meu próprio chefe: ninguém fica atrás de mim mandando fazer isso ou aquilo, e meio que posso decidir por mim mesmo como proceder em algumas situações.

Antônio e Bernardo chegaram. Apesar do céu ainda estar claro naquele fim de tarde, a lua cheia já aparecia tímida entre as nuvens.

A competição seria num dos maiores cercados da fazenda. A depender do horário do dia, era preciso espremer os olhos para ver as cercas, de tão amplas que eram. Havia apenas duas entradas no local: um portão estreito que permaneceria aberto e os bretes, onde os bois eram inseridos por outra extremidade. O solo alternava entre grama e chão batido, o que permitia que nossos cavalos se movimentassem com facilidade.

Custódio deu-lhes as honras, deixando que começassem. Como era mais experiente, permitiu que os soldados fossem o seu parâmetro, isto é, pareceu-lhe óbvio que deixariam os bois se afastarem mais da porteira antes de laçá-los. Além disso, teria uma noção mais exata de quão trabalhoso seria para ele laçar o boi quando chegasse a sua vez.

Antes de começarem, conversaram sobre trivialidades e riram. Faziam uma brincadeira tola, como quase todas o são na juventude. Custódio fitou-me. Sorri sem jeito, olhando para os lados. Meu patrão era capaz de vencê-los, mas eu o traíra de qualquer forma. Meu feito estava consumado.

Antônio foi o primeiro. Abri o brete para o boi sair. O animal desembestou pelo campo sem olhar para trás. O soldado soube manejar o cavalo que montava para que, juntos, quase pareassem com o bovino, que corria rente à cerca. Era preciso manter a distância certa para sacar a corda, e ele sabia disso. Girou o laço no ar quatro vezes antes de jogá-lo. Errou. Veloz, enrolou a corda no braço enquanto o boi corria na direção oposta, parando próximo a uma poça de lama. Encarou Antônio ao mesmo tempo que abanava o rabo. Respirando pesado, Antônio jogou o laço após girar a corda duas vezes. Acertou-o. O boi se jogou no chão. Balançava a cabeça, tentando se soltar, mas não conseguiu.

"Eu te disse que os bois ficam mais ariscos quando correm perto da cerca, Antônio. Conheço o gado que crio!". Do outro lado do prado, Custódio o repreendeu com um tom professoral, mas sorria.

Naquele instante, pensei que ele não o conhecia o bastante, pois nunca laçara antes o boi que escolhi para ele.

"O importante é que ele está em minhas mãos agora", o soldado respondeu com as mãos em torno da boca, de modo que a voz ecoasse.

Bernardo era o próximo. Enervado, demorou a achar a ponta da corda para enrolá-la no braço. Mediu várias vezes a distância entre o peito e a mão do braço estendido, a fim de verificar se o cumprimento da corda estava adequado. Antônio, que já havia voltado para perto do cercado, quis apressá-lo, mas Custódio conteve a irritação do soldado. Deixassem, pois, o homem levar o tempo que quisesse. Enquanto conversavam, notei que o boi de Custódio olhava para os lados, irritado, e tentava arranhar as grades com os chifres.

Abri o brete. O boi de Bernardo hesitou quando o viu se aproximar afoito montado no cavalo. O ginete chispou rumo à direita, pois fora esse o comando que o soldado lhe dera segundos antes. O bovino aproveitou-se e tomou o caminho oposto. Antes que Bernardo o alcançasse, perdemos o animal de vista na porteira.

"Eu sabia que o ideal era manter a competição entre mim e Custódio. Veja o que fizeste, paspalho!", Antônio ralhou com o amigo.

"Não te preocupes com a competição, pois Bernardo merece mais atenção agora. Já vi cavalos derrubarem os homens que os montam quando o boi finge avançar. Pode parecer tolice, mas é algo comum de acontecer e muito perigoso!", Custódio interveio.

"Que o tivesse derrubado, assim não teria me matado de vergonha!", Antônio respondeu.

"Perdoe-me, mas é que... que..." Bernardo atrapalhou-se com as palavras.

"Não necessitas pedir perdão..." Antônio tentou acertá-lo com um safanão na cabeça.

"Não mesmo, pois não cometeste nenhum crime. Era para ser uma brincadeira sadia entre amigos, não há por que elevar tanto os ânimos." Foi a primeira vez que o tom de voz de Custódio se alterou, sinalizando que não toleraria mais as bravatas de Antônio.

"Está bem, está bem..." O soldado se desculpou.

"Obrigado, Senhor Custódio. És um homem generoso", Bernardo agradeceu.

"Não há generosidade alguma de minha parte, apenas sei que não estamos diante de nenhuma situação hedionda", respondeu. Acenou para que eu abrisse a porteira. Era a vez do meu patrão.

Encarei o céu como se procurasse uma fuga dali. No entanto, tudo o que vi, padre, foi que começara a anoitecer.

O azul do céu adquirira um tom um pouco mais escuro e a lua cheia brilhava protuberante em meio às estrelas.

Inspirei fundo. Abri o brete.

O boi correu na diagonal, aproximando-se da cerca com uma rapidez espantosa. Custódio apressava o cavalo com leves pontapés na traseira, acompanhando o animal que pretendia laçar. O boi deu outra volta, fazendo um semicírculo no pasto. Meu patrão hesitou, o que fez com que Adaga empinasse por alguns instantes, mas ambos o seguiram em linha reta. Desorientado, o boi correu, fazendo pequenos arcos no chão, como se esperasse que, assim, Custódio fosse despistado. Nunca havíamos visto um boi agir dessa forma antes.

Custódio continuou seguindo-o em linha reta. Um montador inexperiente se inclinaria para a frente a fim de acompanhar a velocidade do cavalo, mas ele manteve-se ereto na montaria. Ao perceber que o boi se aproximava do matagal, deixando-o fora da competição, meu patrão sacou o laço. Nunca o vi trançar a corda com tanto ímpeto. Girou-a no ar apenas duas vezes, uma quantidade baixa, considerando o fato de que ele havia recém-sacado a corda.

Prendeu o pescoço do boi na primeira tentativa. Apesar da braveza do bicho e da dificuldade em capturá-lo, estava a uma distância da porteira menor do que a de Antônio. Vencera.

Porém, o boi não admitia ser dominado daquela forma. Seguia se debatendo no chão. Levantou uma poeira no ar, deixando Custódio e o cavalo invisíveis por um átimo de tempo. Aproximamo-nos, preocupados. Custódio grunhia; era uma prática comum entre nós para tentar acalmar os bois. Mas ele não se aquietava e ameaçou chifrar o cavalo. Adaga desviou, correndo noutra direção. Meu patrão era orgulhoso e não permitiria que um de seus bois o tratasse daquela maneira. Continuou puxando a corda.

Temendo a força do boi, Adaga empinou para a frente, barafustando as patas traseiras e provocando a queda de Custódio. Meu patrão caiu na terra bruta e quase bateu a cabeça num pedregulho, mas desviou pouco antes. Levantou-se e puxou a corda mais uma vez, agora sacando um chicote que estava preso num dos pés de suas botas.

"Senhor Custódio, o boi está muito agressivo, deixe-o ir. A competição está acabada e venceste!", ralhei com ele.

"Boi meu não age desse jeito. Amansei muito gado a minha vida toda e esse nervosinho aqui não será o último." Ordenou-me que fosse fechar a porteira, para que o boi não tivesse para onde fugir.

Ao receber a primeira chicotada, o boi mugiu e balançou a cabeça para os lados.

"Custódio, teu empregado tem razão. Deixe o bicho se acalmar sozinho. Ele não conseguirá ir muito longe, e teus homens poderão capturá-lo amanhã de manhã", disse Bernardo.

"Jamais permitirei que um boi meu seja tão soberbo. Eu mesmo o domarei!"

Ao sentir mais uma chicotada, o boi esfregou o casco no chão, ameaçando correr na direção de Custódio. Seus mugidos se tornaram mais altos e hostis. Antônio puxou Custódio pelos ombros, mas o meu patrão se desvencilhou do amigo.

O boi fugiu para outra direção, mas Custódio ainda conseguia segurar a corda. Era possível ver terra e resquícios de grama grudados ao longo das quatro patas do bicho, que se debatia inconformado. Quando ele conseguia se soltar, Custódio encontrava a ponta da corda logo em seguida.

Aconteceu no instante em que fechei a porteira e me virei para voltar para perto de meus patrões. Os chifres do boi triplicaram de tamanho e adquiriram um tom dourado. Antônio e Bernardo levaram as mãos às bocas, tamanha a surpresa, e deram passos para trás. Custódio já não raciocinava e deu um último puxão na corda. Quando o boi empinou para a frente mais uma vez, largas asas brancas nasceram no lombo do animal, abrindo-se e armando-se para os lados. Mugiu e alçou voo antes sequer que pudéssemos entender a cena que se passava diante dos nossos olhos.

As pernas de Custódio se debatiam suspensas no ar. Nos implorava ajuda com os olhos. Se ele se jogasse no chão naquele momento, morreria. Apesar da escuridão do céu, conseguimos vê-lo amarrar a ponta da corda no punho, de modo que ele pôde se agarrar melhor a ela e ficar mais próximo do bicho. O boi não olhava mais para o meu patrão e apenas seguia adiante. Perguntei aos soldados se eles trouxeram arcabuzes consigo, mas a resposta foi negativa. Deixaram as armas no acampamento; jamais pensariam que elas seriam necessárias durante a competição.

Seguimos o boi alado até perdê-los de vista, e os gritos de Custódio se tornarem sussurros perdidos na noite.

Transtornados, dirigíamo-nos ao acampamento a pé, segurando os cabrestos de nossos cavalos.

"Vamos embora amanhã, Bernardo. Não há condições de continuarmos aqui!"

"E o que diremos aos Meirelles Gonzalo?", o companheiro de Antônio perguntou.

"Diremos que ele ganhou, saiu sozinho para buscar o nosso prêmio e não voltou mais. Temos outra escolha?"

"E este empregado? Compactuará com a nossa mentira?"

Foi a primeira vez então que Antônio me encarou. Foi em minha direção com os braços estendidos e puxou o meu colarinho.

"Que fizeste, seu... seu maligno! Dominas feitiçarias que desconhecemos? Acaso tens planos de acabar conosco também?" Antes que eu respondesse, socou-me no rosto.

Senti o meu sangue escorrer pelo pescoço.

"Não sou chegado a feitiçarias, e foste tu que me pediste para escolher um boi arisco."

"Um boi arisco, mas não um servo das trevas!"

Antes que ele me socasse mais uma vez, Bernardo o interrompeu.

"Não deves tratá-lo dessa forma, Antônio. Precisamos dele! E se ele negar tudo o que dissermos?"

Antônio concordou com o companheiro e me levou arrastado para o acampamento. Tentei fugir, arranhei o braço dele e cuspi em seu rosto, mas não tive êxito. A fúria do soldado era maior do que o meu medo.

Os demais soldados dormiam. Antônio ordenou-me que esperasse sentado num banco de madeira. Ao voltar, trouxe o preço da minha cumplicidade no embuste que inventaram: um grande saco com moedas de cobre. Eu não estava em condições de reclamar. Se soubessem da verdade, eu também seria um dos mais recriminados: fui o encarregado de escolher os bois, afinal.

Antes que eu balbuciasse qualquer resposta, Antônio ordenou-me que sumisse do recinto. Saí apavorado. Aproximei-me de meu casebre e escondi, num cômodo onde ficavam as minhas ferramentas e só eu costumava entrar, o saco de moedas.

Voltei ao cercado com o meu cavalo para buscar Adaga. O animal estava perto da cerca, comendo um arbusto de capim que estava do outro lado. Levei-o o mais longe que pude e o deixei perto de uma árvore que encontrei ao lado de uma lagoa. O animal pararia em algum lugar para beber e se refrescar.

Ao voltar para a minha casa, amanhecia. Dormi poucas horas. Não me lembro de muita coisa da manhã seguinte. Não lembro se havia pássaros no céu ou nas árvores próximas, tampouco se cervos pastavam nos campos ao redor, como sempre o faziam. Tudo do que me lembro é aquele homem voando, arrastado pelo boi alado, tendo a corda como único lugar para se segurar.

Seu Simão e dona Joaquina, pais de Custódio, procuraram-me após o almoço. Antônio e Bernardo repetiram as mentiras que inventaram na noite passada; agora, o casal queria ouvir a minha versão dos fatos. Eu não tinha o que acrescentar, mas prometi que ajudaria a procurá-lo. Eles não duvidaram de mim um momento sequer e não me fizeram mais perguntas.

Poucos dias depois, quando era a vez de outro empregado liderar as buscas, Adaga foi encontrado. O cavalo estava saudável como sempre. Foi naquela mesma manhã que fui até um vilarejo nas proximidades da fazenda e comprei panelas novas. Consegui comprar um cobertor novo também, mas eu estava envergonhado por tê-los. Era como se esses objetos me acusassem, eles sabiam como eu os havia comprado, estavam manchados com o sangue de um homem inocente.

Noutro final de tarde, quando guardávamos os bois mais uma vez, Acatú comentou comigo que o boi *estranho* (palavra dele, padre) não estava mais lá. Menti mais uma vez e disse que o vi ser levado por um grupo de fazendeiros espanhóis. O índio retrucou que não se lembrava disso, e ralhei com ele, dizendo que não nos cabia saber o destino de cada boi que passava por nossos cuidados. Ele não falou mais do animal.

Havia dias em que eu não conseguia falar. Nesses dias, eu buscava me apegar às qualidades que sei que tenho e só assim conseguia me levantar cedo para sair da cama.

É de teu conhecimento, padre, que a história do Senhor Custódio se alastrou pela região. E foi graças à popularidade dela que enfim descobrimos que fim ele teve. Durante uma visita às nossas terras, um padre de São Nicolau trouxe, num caixão, um corpo desconhecido que os índios do aldeamento dele encontraram.

Lembro da tensão que pairava na fazenda dos Meirelles Gonzalo quando a comitiva chegou. Ao depositarem o caixão no chão, dona Joaquina e Catita correram para abri-lo. Ao reconhecê-lo, gritaram e choraram, como era esperado que fizessem. O padre descreveu para Simão o estado em que o corpo estava quando o encontraram. A mãe e a viúva de Custódio não estavam em condições de ouvi-lo. O sacerdote parecia aliviado, de certa forma. Afinal, não precisava mais levar o cadáver para onde quer que fosse.

Mas o que parecia ser o fim de um mistério levantava outras perguntas: como ele fora parar num local tão distante e quem o teria posto em cima daquela pilha de lenha? A tristeza que hoje paira no casarão não permite que eles se empenhem em encontrar respostas.

Hoje, não consigo mais olhar para aquele pasto sem me lembrar do que aconteceu. Olho o meu reflexo num lago ou rio e vejo um assassino. Minha esposa e filhos me tratam com uma normalidade que me espanta, mas é que não sabem o que ocorreu. Não sou mais a mesma pessoa, percebes, padre? Carrego um assassinato na minha história e preciso ser honesto se quero que saibam sobre ela. Mas como contar isso aos outros? Não é um fato trivial ou corriqueiro. Não se sai por aí falando que a morte de alguém foi responsabilidade sua.

E é preciso se acostumar à ideia de ser o responsável pela morte de outrem. Não atirei nele com uma espingarda, não o esfaqueei, não o envenenei, mas é como se o tivesse matado, compreendes? É por minha causa que ele não tem mais vida. É por minha causa que a viúva dele passará o resto da vida chorando. É por minha causa que o filho dele não poderá sequer se lembrar do rosto do pai, pois nunca o conhecerá.

Estou aqui hoje, padre, porque sei que o homem de antes daquela noite ainda vive dentro de mim. Quero encontrá-

-lo. Minha esposa me vê cada vez mais abatido e me evita. Não posso culpá-la, pobrezinha. Ninguém quer ficar perto de alguém que só sabe sofrer, ser triste. Preciso encontrar uma forma de me expurgar de tudo isso que carrego comigo. Sei que talvez seja mais uma demonstração de egoísmo de minha parte, mas o simples fato de ter te contado sobre aquele dia fez com que eu me sentisse mais leve. As minhas costas doem bem menos agora do que pouco antes de eu ter entrado aqui.

Sim, sei que apenas contar não basta; preciso ir além no meu processo de purificação espiritual... tudo bem, rezarei dez orações do Pai-Nosso e vinte Ave-Marias... Como quiseres, virei aqui um dia da semana durante um ano para ajudar os índios responsáveis pelo gado... também conversarei com Catita e me colocarei à disposição para ajudar no que for possível na criação do menino... Foi um gosto conversar contigo esta tarde, padre Jimenez. E concordo com as tuas palavras: "O altruísmo lava a alma e a despe das impurezas". Até mais ver.

LEVANTADO PELOS TAMBORES

Estamos no jardim do convento aproveitando o sol ameno do final da tarde. Freiras andam por todos os lados, cuidando dos pacientes que aqui residem. Duas noviças conversam enquanto me dão uma sopa de legumes; elas parecem preocupadas com o futuro do Brasil agora que o imperador decidiu voltar para Portugal. Como só sou capaz de balbuciar meia dúzia de grunhidos, elas não pedem a minha opinião para nada. Uma tenta disfarçar a piedade nos olhos ao ver o toco da minha perna direita, mas já não me importo com isso. Nem a beleza da Baía da Guanabara me desperta mais qualquer sentimento. Minha falta de ânimo me dá forças apenas para esperar que o meu fim chegue logo.

No entanto, sobra-me tempo para pensar nos acontecimentos anteriores à minha chegada a este lugar. Permitam-me que eu me apresente: sou José Lauro Xavier de Carvalho Amorim, e esta é a minha história.

Nasci em Portugal, e minha família estava entre os nobres da corte portuguesa que vieram para o Brasil em 1808. Foi uma viagem difícil. Ouvíamos histórias tenebrosas dos marinheiros a respeito da terra a que estávamos para chegar. Tive pesadelos na noite em que ouvi um relato sobre uma criatura selvagem que usou feitiçarias pagãs para atear fogo à casa de um senhor local e manipulou os cães do próprio homem para que os bichos devorassem o corpo dele. Eu sabia que precisaria ter uma postura implacável naquele lugar.

É impossível ter uma atitude branda diante do desconhecido.

O Príncipe Regente nos concedeu uma fazenda no Rio de Janeiro para residir. Pode-se dizer que a minha fama começou a ser construída no primeiro dia de nossa estadia nela. Eu e minha esposa, a senhora Luíza, discutimos durante muito tempo sobre em qual das salas colocaríamos o brasão de nossa família, uma árvore imponente com frutos em formato de coração. Tal dilema levantou meus ânimos e precisei ir até o pátio para respirar fundo. Os escravos andavam atarefados com seus afazeres, mas um deles conversava com a minha sobrinha que, entre risinhos, aceitou uma rosa de suas mãos.

Indignado, fui até os dois para entender melhor aquela história. Minha sobrinha tentou me explicar, num súbito ataque de choro, que o homem estava sendo apenas gentil. Corrigi-a no mesmo instante: não era um *homem*, mas sim um *escravo*. Dei um bofetão na cara dela e disse aos meus criados que a levassem de volta para seus pais. Ela se expôs mais do que o necessário.

– Não penses que ficarás livre de uma boa punição – eu disse enquanto pegava o escravo pelo colarinho de sua camisa. – Pensavas que ficarias impune? Achas que podes ter algo com uma senhora de sangue nobre?

— Senhor, por favor, senhor, eu... eu só... — ele gaguejava. Lágrimas vieram aos seus olhos. Alguns escravos pararam suas atividades para olhar o ocorrido.

— Acho muito bom que vejam, para que entendam o lugar a que pertencem! — eu me dirigi aos demais. Minha esposa apareceu numa janela e mandou nossos filhos correrem para dentro da casa. — AS POSIÇÕES NESTE LUGAR SERÃO MUITO CLARAS! — bradei, olhando em todas as direções que pude.

Saquei a pistola que sempre levava comigo e coloquei o seu bico de cano numa das têmporas daquele atrevido. Ele fechou os olhos com força, mas as lágrimas ainda lhe escapavam. O barulho do tiro fez alguns pássaros da mata gritarem assustados e voarem para os arredores da fazenda. Ordenei aos outros escravos que dessem um jeito no corpo. Não queria vê-lo nunca mais.

Durante o jantar, Luíza ensinava nossos filhos como usar os talheres. Eles eram crianças em tenra idade. Samuel demonstrava dificuldades para cortar a carne com a faca, e Joana ainda não usava a haste da xícara, agarrando-a com a palma da mão como se fosse um copo qualquer. Duas escravas estavam a postos caso precisássemos de algo mais. Notei que uma delas tinha lágrimas nos olhos. Quando foram retirar a mesa para trazer a sobremesa, a chorosa deixou restos de comida caírem sem querer em meu colo.

— Acaso não te ensinaram a segurar uma tigela, imprestável?! — perguntei-lhe.

— Perdão, senhor. Eu... eu... eu... — Sua respiração se tornou pesada, de modo que ela não conseguia falar.

— Ah, e também não te ensinaram a falar direito, foi?

— Eu... senhor... ele era meu irmão. Aquele que mataste hoje...

— O que tenho a ver com isso? Não me interessa saber quem tem o mesmo sangue que ele.

— Só estou muito abalada ainda... perdoe-me... eu não esperava que aquilo fosse acontecer hoje e...

— AH, ENTÃO ESTÁS QUESTIONANDO MEU CASTIGO? — perguntei enquanto lhe pegava pelo braço. A punição dela me veio à cabeça naquele momento. Ordenei que chamassem Sérgio, o capataz que contratei dias antes de chegarmos — QUERO QUE ESTA INSOLENTE SEJA PRESA NAQUELE CÔMODO SUBTERRÂNEO QUE FICA PERTO DO ESTÁBULO — eu me acalmei, respirando devagar — por cinco dias. Um balde d'água será suficiente para ela por esse tempo. Jogue a ração que os cavalos não comerem para que ela possa se alimentar.

Sérgio a levou assim que terminei de falar. O braço dela estava roxo devido à força de meus dedos.

A outra escrava interveio:

— Senhor, creio que ela não derrubará comida de novo. Peço que lhe dê outra chance, por favor. Ela sempre foi muito solícita.

— Ah, vejo que temos uma subversiva aqui. Vejam só! — Dei-lhe um bofetão, agarrei seu braço e fui atrás do capataz. Ela teria o mesmo castigo que a primeira.

No dia seguinte, sentenciei um escravo a dez chibatadas, por ter se atrasado para voltar ao seu trabalho após o almoço. Outro deles levou quarenta, por ter servido mais comida do que o permitido aos demais na senzala. Enquanto o primeiro fora castigado por Sérgio, o segundo recebeu o corretivo de cinco dos escravos que receberam a porção extra de comida, sendo dez chibatadas de cada. Foi a forma que encontrei para que, além do castigo, eles entendessem que não deveriam aceitar mais comida. Além disso, ordenei que tomassem um chá para que regurgitassem a refeição. Um deles teve mais enjoos do que os demais após ingerir o líquido. Eu lhe disse que era bom para que a lição fosse ainda mais bem-apreendida.

Um mês após tudo estar no seu devido lugar em nossa fazenda, promovi um jantar para que pudéssemos nos socializar com os demais nobres que também se mudaram para a Colônia. Todos pareciam satisfeitos; as comidas e bebidas eram agradáveis, e muitas risadas preenchiam nossos cômodos. Contudo, em alguns momentos pontuais eu percebia o modo como olhavam para os escravos. Andei pelas diferentes rodas de conversa e ouvi, entre cochichos, como eles estavam magros, pálidos e ansiosos. Sempre que eu os pegava em flagrante, mudavam de assunto e sorriam para mim. A falsidade é um dos prerrequisitos para sobreviver ao mundo da Corte. Sempre fora assim em Portugal, no Brasil não seria diferente.

Encontrei, num dos terraços de nosso casarão, um padre conversando com um barão que residia há anos no Brasil. Como eu precisava expandir meus negócios, tratei de me aproximar deles e engatar conversa. Falamos de trivialidades, sobre as principais diferenças entre Portugal e a Colônia e como o Príncipe fora inteligente ao fugir de Napoleão. Um escravo se aproximou com uma bandeja com vinho e queijo fatiado. Assim que o viu, o padre mudou de assunto e começou a expor o posicionamento da Igreja em relação aos escravos e como os seus senhores deveriam tratá-los com dignidade e respeito. Retruquei que, numa sociedade equilibrada, os rituais religiosos deviam ser relegados somente às dependências sagradas e que, em suas fazendas, cada nobre conduziria a sua vida como bem entendia. Voltamos a falar dos gados do barão. Esse foi o único pormenor que tivemos a noite inteira.

Na manhã seguinte, confrontei o escravo que nos servira. Ele estava sentado amarrado a uma cadeira. Sérgio fechou as portas do estábulo para que pudéssemos interrogá-lo sem sermos vistos.

– Diga-me, seu vermezinho, falaste com aquele padre patético antes de minha chegada ao terraço, não? Confesse!

– Senhor, não falei nada, juro pelo que quiseres, imploro... – ele balbuciava enquanto eu apertava a sua mandíbula. Peguei um alicate e arranquei dois de seus dentes. Ordenei a Sérgio que o jogasse no cômodo subterrâneo por dez dias apenas com o balde d'água. Nem a ração dos cavalos ele receberia.

Nenhum escravo falava mais em minha presença a não ser que lhes fosse solicitado. Eles sequer conversavam entre si quando eu estava por perto. Andavam sempre de cabeça baixa, nunca nos olhavam nos olhos, sempre desviavam os olhares enquanto falávamos. Sérgio contou-me que, mesmo na senzala, falavam apenas o necessário.

E sucedeu então que, num dia tranquilo, enquanto eu explicava para os escravos como plantar um novo tipo de fruta que eu pretendia cultivar em minhas terras, Sérgio veio até mim, segurando pelo braço um rapazote escravo. A mãe do infrator vinha em seu encalço, cheia de lágrimas nos olhos e soluçando.

– Senhor, esse garoto amarrou os rabos de dois cavalos, o que os fez brigarem entre si e agora um deles está com uma das patas quebradas – disse o capataz.

– Senhor José Lauro, eu imploro, isso não vai se repetir. Foi coisa de moleque; garanto que ele levará uns bons safanões pra aprender... – a mãe falava atropelando as palavras.

– E por que eu acreditaria no que dizes? – perguntei. Encarei o garoto. Ele usava um calção vermelho rasgado na altura dos joelhos. Vi que seus lábios estavam ressacados de um líquido branco.

– Tomaste leite de uma das vacas, traste? – foi a primeira vez que lhe dirigi a palavra.

– Desculpe-me, senhor, não farei de novo. Minha mãe...

– Calem-se os dois. Qual é o teu nome?

— Ele se chama Érico. Sou Francisca. Sei que ele já tem 14 anos, mas não entende ainda que... — disse a escrava.

— Era para ele responder. Não sabes obedecer a uma simples ordem para ficar calada. Não é de se admirar que não saiba ensinar um escravo a como se portar. Agora terei que pagar para que cuidem de um dos meus cavalos, e teu filho ainda toma o meu leite sem a minha permissão. Não podes criar um filho.

— Senhor, por favor... — ela colocou as mãos na boca.

Cochichei uma ordem nos ouvidos de Sérgio. Ele me encarou horrorizado.

— Mas, Senhor, isso já é muita crueldade. Creio que jogá-lo no cômodo subterrâneo por uns dias seria suficiente...

— CHEGA! — gritei. Entreguei ao garoto um pedaço de pano. — Érico, quero que cubras teus próprios olhos e te deites no chão.

Ele obedeceu. Tudo aconteceu muito rápido. Peguei um machado e fui em sua direção. Dois golpes foram suficientes para arrancar a sua perna direita. Francisca caiu no chão, desolada, gritou, levou as mãos à cabeça e encarou o céu. Os demais escravos baixaram a cabeça sem nada dizer; alguns foram consolá-la. O menino também berrou, e em seguida engatou um choro que me assombra até hoje. Ordenei que lhe dessem uma bebida sedativa e enterrassem o seu corpo em seguida. Algumas horas após o incidente, exigi que os escravos voltassem aos seus afazeres.

Na semana seguinte, eu pretendia me hospedar por uns dias na casa do barão que esteve no meu jantar para tratar de negócios. Como Sérgio acordara indisposto, pedi a Daniel, um escravo mais velho, que conduzisse minha carruagem. Luíza ficou no comando da fazenda. Os escravos sabiam como ela era muito mais tolerante, portanto não podíamos demorar.

As negociações com o barão ocorreram como o planejado; em breve iniciaríamos uma grande parceria. Durante a viagem de retorno, dei uma cochilada após tomar um pouco do vinho que estava guardado em minha carruagem.

Ao chegar à fazenda, notei que ela estava muito silenciosa. Luíza não veio me receber, tampouco Sérgio ou quaisquer de meus homens. Ordenei a Daniel que fosse chamar alguns escravos na senzala para me ajudar a verificar o que houve. A porta principal do casarão estava emperrada; tive que forçar a maçaneta e quase caí no chão da sala quando ela se abriu. Os móveis estavam empoeirados, e vi teias de aranha num dos cantos do teto. Sangue sujava o chão do corredor que levava aos demais cômodos.

Dirigi-me novamente à porta da sala para chamar Daniel e recebi uma grande lufada de vento na face. O escravo não apareceu. Ouvi um grito de Luíza vindo de dentro; decidi trancar a porta e procurá-la. Ao percorrer os corredores, era como se o grito corresse de mim, pois ele se distanciava à medida que eu adentrava cada um deles. Num dado momento, parei ofegante em frente ao brasão da família e vi, na outra porta desta sala, minha filha. Joana estava careca e sem orelhas; sangue escorria dos orifícios. Gritei estarrecido e, num piscar de olhos meu, ela desapareceu. Senti a obrigação de seguir o caminho que ela teria feito para chegar até ali.

Quando cheguei a um dos quartos, ouvi a porta bater. Ao me virar, vi que meu pequeno Samuel me encarava. Seu rosto estava inchado e cheio de hematomas; não havia dentes em sua boca. Ele chorava. Reuni toda a coragem que pude para tocá-lo, abraçá-lo, enquanto lágrimas vinham aos meus olhos e, ao agachar-me para acariciar suas mãos, ele se desfez em pó. Tentei reunir seus restos entre soluços e gritos, mas ouvi-o gritar em outro cômodo da casa. No instante em que abri a porta para sair dali, um escravo me golpeou na cara com uma pá, e desmaiei.

Acordei com as mãos e os pés amarrados.

Assim que recobrei parte de minha consciência, vi que estava numa caverna. Uma escrava velha me fitava. Seus olhos pequenos estavam envoltos em rugas, e até as suas sobrancelhas eram brancas. Ela trajava um vestido dourado sem mangas que ia até a altura dos joelhos. Pedaços de panos laranja estavam amarrados em cada um de seus pulsos, e usava um turbante vermelho e preto.

– Acordaste, enfim?

– Quem é teu senhor, escrava? Tira-me daqui, agora! – falei com um breve intervalo entre cada uma das palavras. A lucidez ainda voltava ao meu corpo.

– Me chamo Maria das Lavouras e não fui escravizada por ninguém, vigarista! – Ela me esbofeteou na cara. Duas vezes. Três.

Meus sentidos haviam enfim voltado. Dois escravos *meus* estavam sentados em diferentes cantos da caverna, com tambores no colo. Um deles era Daniel.

– Daniel, ordeno que me tires daqui, agora! Leva essa criatura para longe de mim e quem sabe eu te poupe das chibatadas que mereces!

Ele não respondeu, mas abaixou a cabeça. Velhos hábitos não se vão da noite para o dia.

A mulher riu. Dobrou seu corpo esguio enquanto gargalhava. Ao se aquietar, pude ver todo o desprezo de seus olhos.

– Achas que podes mandar em alguém aqui? Aliás, que estás em condições de mandar? Olha para ti mesmo, canalha. Amarrado, fraco, frágil como a pena de uma galinha. Apreciaste ver teus filhos naquelas condições? E o grito de tua mulher? O que sentiste ao ouvi-lo fugindo de teus passos sempre com aquele tom desesperado?

– Então estavam por trás do que vi em minha fazenda? Acaso conhecem a punição para escravos que fazem aquilo com seus senhores?

Ela me esbofeteou pela quarta vez.

– Eu nunca faria aquilo com crianças inocentes. Que pensas de mim? Que tenho o teu caráter ou compartilho da tua natureza? – Ela cuspiu em meu rosto. – Não, ninguém foi morto ou torturado, se é que te importas mesmo em saber disso. Queria apenas que experimentasses aqueles sentimentos. Como é ver teu próprio filho naquela situação e sentir a dor de enterrá-lo, fazer o caminho inverso do natural? Sabias que Francisca se matou enforcada três dias após a atrocidade que cometeste com o filho dela?

– Se não mutilaste meus filhos, como eles estavam daquela maneira? E por que não encontrei uma vivalma em minha casa?

– Truques – ela murmurou com uma careta –, nada muito difícil, na verdade. Fruto de uma ilusão que plantei naquele vinho. Nem sequer foste levado para a tua fazenda de fato. Também foi muito simples provocar as enxaquecas de Sérgio no dia de tua partida.

Vi Joana entrando na caverna no mesmo estado em que a encontrei na fazenda. Assim que chegou até nós, se transformou em Samuel, também desfigurado. Em seguida, Luíza, tão bela como no dia em que nos conhecemos, em Portugal. Depois, um sujeito alto que trajava uma túnica com capuz; não era possível ver parte alguma de seu corpo. Para meu horror, sua quinta transformação foi para uma cobra-coral. Seus sibilos foram o único som na caverna por alguns segundos.

– Ele não pertence a este mundo, mas vem para cá de vez em quando me fazer alguns favores.

– Onde está a minha família, pelo amor de Deus?

– Tranquila em casa, aguardando o teu retorno. Imagino que sofrerão muito ao perceberem que nunca voltarás, mas será bom para eles. – Ela apontou o braço em minha direção enquanto falava. – Crescer convivendo com um homem tão desprezível, e, pior, tê-lo por influência, não faria bem a nenhuma criança.

— Como assim não voltarei? Acaso pensas...

— *Cala-te*! — ela gritou com uma voz gutural. Nunca mais pronunciei palavra alguma desde então.

— Maria, a poção está pronta! — um escravo disse, enquanto entrava na caverna com uma panela enferrujada nas mãos. Um líquido marrom borbulhava dentro dela. A mulher a pegou e a colocou no centro do recinto.

Enquanto ela o recebia, os outros escravos foram para fora e trouxeram um corpo embrulhado em lençóis. Quando vi o que desembrulharam, tentei me soltar das correntes ao mesmo tempo que gritava, mas era inútil. Fechei os olhos para não encarar o cadáver de Érico.

— Não tiveste tantos pudores quando o matou daquela maneira. Abra os olhos. — Meu corpo obedeceu contra a minha vontade. — Podemos começar.

Um escravo trouxe um camundongo nas mãos e o soltou no chão. O animal olhava atordoado para os lados e correu ao ver a cobra, que o seguiu. Porém, nenhum dos dois parecia se comportar normalmente. O pobre roedor não usava toda a sua rapidez, nem a coral aparentava estar tão interessada em pegá-lo logo. Era como se executassem uma espécie de dança; os silvos da cobra e os guinchos do rato eram a música que os guiavam.

— Agora, o último ingrediente... — Maria das Lavouras veio até mim com uma faca. Meu pânico não foi correspondido, pois ela fez apenas um pequeno corte em meu braço direito. Retirou um pouco de meu sangue com um frasco e amarrou um pano no local assim que terminou.

Ao jogar meu sangue na panela, o líquido clareou e produziu um chiado. Uma fumaça com odor intenso subiu de sua superfície. Notei que a cobra cercava o rato e permitia que ele se libertasse logo em seguida.

A mulher se pôs de cócoras, pegou um punhado de terra com as mãos e o soltou em seguida, enquanto olhava para o alto, expirando ar. Ao se levantar, pegou a ponta de seu vestido e começou a dançar, enquanto os escravos iniciaram uma canção instrumental em seus tambores. Os batuques eram fracos, mas suficientes para embalá-la. Ela soltou o vestido, abriu os braços e fazia gestos como se fosse estalar os dedos, mas não estalava. Percorria toda a caverna acompanhando a música.

– *Padá sí ayê* – ela entoou –, *padá sí ayê. Padá sí ayê. Padá padá padá. Padá sí ayê. Padá, padá, padá sí ayê.* – O som dos tambores se intensificou à medida que ela cantava. Os guinchos do rato ficaram mais altos, mas a cobra seguia fazendo tranquila os mesmos movimentos de antes. Ela o cercou mais uma vez, impedindo que ele se movimentasse; alcançou a panela e bebeu um pouco de seu líquido. Maria das Lavouras cantou mais alto.

– *Ní agbará, ní agbará!* – suas palavras mudaram. – *Ní agbará, ní agbará!*

Ela molhou as pontas de seus dedos indicadores com o líquido e desenhou, pouco abaixo do pescoço de Érico, o seguinte símbolo:

– PADÁ SÍ AYÊ, NÍ AGBARÁ! – Ela cantava cada vez mais alto. O rufar dos tambores acompanhava sua voz. – *PADÁ SÍ AYÊ, NÍ AGBARÁ, PADÁ SÍ AYÊ, NÍ AGBARÁ, PADÁ SÍ AYÊ, NÍ AGBARÁ, PADÁ SÍ AYÊ, NÍ AGBARÁ!!!*

A cobra enfim deu o bote no rato. Uma forte ventania entrou na gruta. A mulher foi arremessada contra a parede, os tambores voaram e, no ar, se entrechocaram e quebraram. Senti minhas correntes chacoalharem, mas elas não se romperam. Os escravos envolveram seus corpos com os braços, tentando se proteger. Daniel correu até Maria, que permanecia desmaiada. O rato estava destroçado em várias partes; a cobra parecia o único ser vivo ali presente que não sentira o impacto do vento em momento algum. Ela encarava Maria como se não houvesse ocorrido nada de extraordinário ali.

Uma luz inundou o local. Todos fechamos os olhos para evitar o seu contato. Ao abri-los, Maria das Lavouras despertara, mas ainda estava muito atordoada. Érico estava de pé, olhando curioso tudo ao seu redor. Maria esboçou um largo sorriso ao vê-lo e abriu os braços para recebê-lo num braço. Ele foi até ela pulando com a única perna, o que não parecia ser nenhum problema para o garoto agora ressuscitado.

– Maria das Lavouras? – ele a chamou. – Então eu voltei mesmo?

– Sim, meu querido, voltaste. E agora podes fazer o que bem entender.

– Posso tomar o leite de qualquer vaca? E fazer outras travessuras também?

– Mas é claro. Agora ninguém vai te impedir.

Érico riu ao ouvir aquela resposta, uma risada com um timbre mais infantil do que eu me lembrava quando ele ainda era vivo; mas o mais perturbador era que a risada não parecia vir apenas dele, mas de todas as direções possíveis. Após trocar um último sorriso com Maria das Lavouras, saíra pulando da caverna, transbordando felicidade.

Os escravos também pareciam incomodados com aquela visão, mas não reagiram. A presença dela os protegia de qualquer adversidade.

Maria se voltou para mim. Por estar ainda muito tonta, Daniel precisou segurá-la por uma das mãos para que ela conseguisse se manter de pé. Notei que a coral sumira do recinto.

– Não morrerás esta noite – ela disse. – A morte seria um alívio para a tua alma depois de tudo o que viste aqui. Teu castigo será viver tendo o medo e a solidão como companheiros. – Olhou para todos os homens ali presentes. – Livrem-se dele.

Os escravos pegaram alguns utensílios dentro de um buraco – pás, chicotes, cabos de madeira, entre outros – e vieram em minha direção. Balbuciei sons incompreensíveis ao encará-los, mas nada os impediu. Senti um golpe na barriga, seguido de socos e chutes. Como minha respiração ficou mais lenta, uma tontura derrubou meu corpo no solo. Recebi uma chicotada no rosto, o sangue vinha à minha boca a toda velocidade. Um golpe em meu quadril fez com que eu me virasse de lado, e a machadada que levei na perna fez com que eu enfim desmaiasse...

Acordei jogado nos portões desse convento, num estado muito similar ao que me encontro hoje. Sempre que ouço as freiras ou as pessoas que vêm visitar os outros pacientes contarem histórias sobre um garoto de uma única perna que apronta pelas fazendas, não posso deixar de pensar que o conheço e, pior, sei como ele surgiu.

A PECADORA DE CAFUNDÓS

Nossos hálitos se confundiam quando os nossos rostos se aproximavam muito: algo de que eu não gostava nem um pouco, pois os sorrisos dela me faziam sentir ainda mais culpa. Mas o remorso não durava a primeira unhada que eu recebia nas costas, e acabava de vez quando eu ouvia os gemidos altos dela ao ser penetrada. O barulho de minhas coxas batendo na mesa, então, fazia-me esquecer de tudo! O fato de ela estar sentada na beirada da mesa com as pernas arreganhadas talvez lhe desse ainda mais prazer, ou era apenas a minha imaginação. O risco de sermos pegos ali aumentava a minha libido, por mais estranho que pareça.

– ISSO, ISSO, AI, AH, AAAAHH, AHHHHH – o último grito de Agatha veio junto com a minha semente em seu interior.

Dei alguns passos para trás e apreciei o seu corpo. Vê-la ainda ardendo de desejos, com a pele marcada pelo aperto de meus dedos, fazia-me desejar que aquela noite nunca terminasse. Suas unhas percorreram o meu peito, até que ela deu um leve beliscão em meu mamilo esquerdo.

— Teu desempenho está cada vez melhor, meu garanhão! — ela disse, rindo, após vestir o roupão.

Caminhei nu até a pequena janela do cômodo enquanto ela punha vinho em uma das taças que estavam na mesa. Ainda amanhecia em Cafundós, a cidadezinha estava deserta, e os poucos que andavam pelas ruas eram aqueles cujos trabalhos eram exercidos principalmente durante a manhã. Os leiteiros que entregavam garrafas de porta em porta, o padeiro que se preparava para receber as empregadas, e escravas que iam comprar a primeira refeição para os seus senhores...

— Hmmm, que pensas tanto? — Agatha me lembrou de sua presença ali, enquanto me abraçava pelas costas. Sua mão escorregou de meus ombros e deu um tapa em meu traseiro.

— Não é nada, é só que... ainda temo que alguém descubra as nossas... aventuras. — Eu não podia mencionar meus dilemas morais. Sabia que ela riria deles ou ficaria brava ao ouvi-los mais uma vez. Nem eu aguentava mais discutir esse assunto.

— Já te disse que não tens por que ter tantas preocupações. Só venho aqui de madrugada, sempre toda coberta de casacos. Cada dia invento um disfarce diferente, uma peruca nova, tomo minhas precauções. Achas que és o único que tem algo a perder? Ninguém deve duvidar de minha pobre imagem de viúva enlutada. Faz menos de um ano que aquele pateta morreu. Os caipiras dessa cidade precisam acreditar que não há um dia sequer em que eu não chore a morte do velho babão...

— Sei, sei. Cafundós inteira nos queimaria vivos se descobrisse o que fazemos aqui...

— Ah, vejo que não queres mais minha companhia, já que preferes pensar se nos descobrem, se farão algo a respeito, se isso, se aquilo... – ela disse em meio a bufos de impaciência. Agatha pegava suas vestes no chão quando eu a agarrei por trás e beijei seu pescoço.

— NÃO! – eu gritei. – Fica, por favor, eu imploro! – disse enquanto tirava o seu roupão. Ela estava nua novamente em meus braços. Eu ainda era um homem forte e a impedi de se desvencilhar de meu corpo.

— Ah, é assim que eu gosto! – Ela se virou e começou a acariciar meu rosto. – Foi contigo que descobri o que é ser de fato amada, desejada... e sabes usar teu membro viril como ninguém. Sabias que o velho não tinha fôlego para ir até o fim? Uma vez me perguntou se eu conhecia um meio de acabar com seus problemas, já que eu era tão preservada... Imagina, me chamar de preservada! Apenas um jeito suave de dizer que estou velha e ainda lhe atraía...

Mas o velho conde tinha razão. Para uma mulher que já passava dos cinquenta, Agatha estava, sim, muito preservada. Quase não havia rugas em seu rosto, não havia um único fio branco em sua cabeleira ruiva, sua pele era tão macia quanto a de uma mocinha virgem prestes a casar. Era a mulher certa para mim. Nenhuma jovenzinha se relacionaria comigo por tanto tempo sem abrir a boca e contar para alguém o que vivíamos juntos.

— Adoro o jeito como me olhas, sabias? – E me lembrou de onde estávamos.

— Devo descer; sabes que daqui a pouco as beatas chegam para confessar os seus pecados. E para falar a verdade, nunca pensei que vidas tão insossas como as que levam gerariam tantos assim! Mandarei que rezem mais e que suas famílias doem ainda mais dinheiro para nossa Igreja... – eu dizia enquanto vestia minhas ceroulas.

— Ah, seria muito interessante, posso até imaginar — Agatha disse enquanto vestia suas saias.

— Prometas — eu disse, puxando-a novamente para o meu corpo. A atitude inusitada lhe assustara, suas sobrancelhas se levantaram em sinal de dúvida —, prometas que ninguém nunca descobrirá o que temos!

— Farei de tudo para que ninguém jamais saiba, querido. Fique tranquilo. E, se alguma pessoa descobrir, tenhas certeza de que acabo com ela, de todas as formas possíveis. — Agatha aproximou sua boca de meu ouvido e me chamou do que eu era há tantos anos, mas detestava que ela me lembrasse quando estávamos a sós e tínhamos acabado de ter relações —, padre Tiago.

Eu caminhava pelas ruas de Cafundós me esbarrando em tudo: vendedores ambulantes, crianças que brincavam nas ruas, outras damas que também tinham pressa. Parava apenas diante das carruagens, para que os cavalos e as rodas de suas carroças não me atropelassem. Nada era tão importante quanto o que eu tinha para resolver. Nada.

— Dona Fátima, queres escolher frutas novas? Ontem chegou um carregamento fresquinho...

— Outro dia, dona Lúcia! — Eu a interrompi sem parar de andar. — Preciso ir à igreja, tenho um compromisso muito sério pra tratar com o noviço!

Só podia ser a minha santa protetora, minha Nossa Senhora de Cafundós, que enviara o padre Gabriel à cidade naquela semana. Sim, eu precisava me acostumar à ideia de chamá-lo de "padre", mesmo que o tenha visto crescer correndo pelas vielas da cidade e me lembrasse dele pequenininho, quando mal sabia balbuciar o próprio nome. Eu e sua irmã crescemos tão próximas, que foi em meus braços que ela chorou quando ele partiu para o seminário. Acreditávamos piamente que chegaria a bispo; sua vocação para os caminhos sagrados sempre foi evidente para toda a família e amigos íntimos.

Mas não era isso o que me incomodava. Não podia deixar de me perguntar se ele acreditaria em mim, no segredo que tinha para lhe confiar, e se, juntos, faríamos algo a respeito. Às vezes nem eu mesma acreditava. Como convencer então alguém que, apesar de povoar minhas lembranças de infância, eu mal conhecia? As pessoas mudam com o passar dos anos e podem se tornar meras estranhas no presente quando nos lembramos de quem foram no passado.

Foi pensando no que diria a ele que entrei na igreja e me benzi com os joelhos inclinados quando vi a imagem da cruz. O *padre* Gabriel ajeitava uns bancos numa salinha pouco atrás do púlpito quando o vi. Era impossível não o reconhecer, o mesmo sorriso inocente, o mesmo queixo fino, a mesma pinta na bochecha direita, a mesma pele rosada! Quase chorei de emoção ao vê-lo ali, servindo na casa do Senhor. Eu me aproximei certa de que também tinha um dever para cumprir para com a nossa religião.

– Padre Gabriel, o senhor se lembra de mim? Sou eu, Fátima, amiga de sua irmã Carolina.

– Claro, como poderia me esquecer? Podes entrar, minha querida, fica à vontade. Queres confessar teus pecados? Para falar bem a verdade, ainda não me acostumei à ideia de ouvir os pecados de meus conhecidos, mas devo fazê-lo, não é mesmo? Essa é a minha obrigação... Sabes que não ficarei aqui por muito tempo, certo? Na verdade, ficarei apenas alguns dias, aprendendo com o padre Tiago. Depois, vou para uma cidade vizinha. Cafundós ainda terá o nosso querido padre por muito tempo, não te preocupes! – E ele sorriu outra vez ao terminar a frase.

– Ah, padre Gabriel, ah, padre... – E então comecei a chorar, cheia de pena diante do que eu estava prestes a fazer. Jogar tamanho fardo nas costas de uma alma tão pura não me parecia humano. Mas era o correto. Ele precisava conhecer o mundo cruel em que vivíamos o quanto antes.

Ele me abraçou, constrangido, ao me ver naquele estado. Algumas beatas rezavam ajoelhadas diante da cruz e nos olharam, confusas. Ele me pegou pelas mãos e se sentou comigo num banco, enquanto fechava a porta do cômodo. Disse às senhoras que era um assunto particular e que eu passava por graves aflições. O pobrezinho mal sabia que, em poucos minutos, aquelas graves aflições seriam suas também.

– Padre, o que tenho para dizer é gravíssimo. O senhor nunca adivinharia quão grave é. Mas tens que ser forte, pois os teus ofícios assim exigem.

– Fales logo, por favor, que assim me deixas nervoso! Não estou aqui para julgar teus pecados, e sim para absolvê-los. Mas esse não é o lugar adequado, vamos ao confessionário...

– Não são os meus pecados que alguém deve conhecer por agora, padre... – Eu sentia as palavras presas em minha garganta, elas se recusavam a sair. Respirei fundo e disse sem pausas, para que eu falasse sem pensar no que dizia e, assim, quem sabe, não me arrepender no meio do caminho – ... mas os do padre Tiago! Ele está violando o seu juramento de castidade com a condessa Agatha, e aqui mesmo, nas dependências desta igreja! Fui procurá-lo anteontem na biblioteca que temos ali nos fundos e parei diante da porta ao ouvir uns gemidos estranhos. Olhei pela fresta, pois ela estava entreaberta, e os vi engalfinhados no chão como vieram ao mundo. Pus as mãos no nariz para que não ouvissem minha respiração e saí, fazendo tanto silêncio quanto pude. Chorei quando cheguei em casa; nem para o meu marido tive coragem de contar o que vi. E temos que fazer algo a respeito!

Não é possível que tamanha heresia continue a ser praticada em nossa igreja, padre Gabriel!

O garoto me olhava atônito. Suas pupilas dilataram e pude ouvir a sua respiração pesada.

– Não é possível. Tens... tens certeza do que viste? Não estás a ter alucinações?

– Por que achas que eu inventaria semelhante barbaridade, seu padre? E contaria justo a ti, que acabas de voltar e necessitas do auxílio daquele... pervertido! O que teria eu a ganhar com uma fofoca tão monstruosa? Nossas famílias se conhecem desde sempre. Por que eu teria de criar uma situação dessas entre nós dois a troco de nada?

– É que... o padre Tiago sempre foi tão atencioso, tão devoto. Ontem mesmo, comentava comigo os detalhes da escolinha que a igreja mantém em Cafundós. Eu nunca, nunca imaginaria que, que...

– Nem eu imaginaria, seu padre, mas vi, vi com meus olhos que não me deixam mentir. Sei o quanto essa notícia é chocante, mas tens que ser forte, pois precisamos tomar uma providência!

– O que planejas, dona Fátima?

– Sabes que no próximo sábado à noite será a festa anual em homenagem à Nossa Senhora de Cafundós, certo? Pois bem, precisamos reunir provas e apresentá-las à comunidade nesse dia. O bispo virá para a festa neste ano e também precisa saber o que está acontecendo.

– Mas... não achas que essa atitude é radical demais? Expô-los dessa maneira! E eu não conheço essa condessa. Como sabes que ela não é, de alguma forma, vítima nessa história?

– Vítima nada, seu padre! – Eu mal podia crer em sua ingenuidade! – É uma aventureira da pior espécie! Casou-se com o velho conde Nicolau Fortes, pensando apenas em sua herança, é o que todos comentam aqui em Cafundós. Os filhos que ele teve em seu primeiro casamento até foram embora da cidade, tamanho o desgosto em ver parte da fortuna ser entregue àquela mulher. Mas deixes que dela cuido eu. Sou dona de uma boutique e sei que ela pretende comprar um vestido novo para ir à festa da santa. Vou à casa dela amanhã de manhã para lhe apresentar alguns modelos e tentarei descobrir provas contra ela. Como estás aqui na igreja, terás que investigar o padre Tiago. Espero que dissimules bem o teu nojo, pois eu mal consigo olhar na cara dele sem que sinta vontade de meter-lhe umas bofetadas.

– Sim, sim... tentarei descobrir alguma coisa, alguma pista. Mas promete-me – ele disse olhando em meus olhos – que, se não tivermos nada concreto até sábado de manhã, não farás nada a respeito. Não temos como acusar ninguém com base apenas no que viste, e sabes disso! E, para ser honesto, ainda não sei se acredito nessa história...

– Entendo que não acredites, seu padre. Mas tens que ao menos investigar, eu te imploro. Sou uma mulher desesperada por ver nossa igreja ser honrada. Mas, se te deixa mais tranquilo, sim, eu prometo. E é por saber que nada podemos fazer se não reunirmos provas que te peço ajuda.

O padre abriu, então, a porta para que nos retirássemos do aposento. Caminhávamos rumo à saída quando parei e encarei o seu rosto. Acariciei-o como se fosse eu mesma a sua própria irmã.

– És muito generoso, padre Gabriel. Obrigada por tudo. – E então o abracei. Vi que as velhas beatas continuavam rezando e me perguntei se não tinham outras ocupações além de rezar. Eu estava ali, de passagem, era uma situação à parte. Frequentava a igreja apenas nas missas de domingo, como uma boa devota. Saí do local me sentindo mais leve, pois encontrei alguém com quem dividir meu fardo. Alguns gatos miavam de fome na escadaria e comprei um pouco de leite para alimentá-

-los numa quitanda ali perto. O padre me enchera de esperança e lembrei que a fé sem boas obras está morta.

À noite, recebi um sinal de que estava no caminho certo: sonhei com a santa. Padre Tiago e Agatha fornicavam no pátio da igreja. Ela em cima de seu corpo nu, enquanto ele lhe apalpava os seios sem pudor algum. Ao perceberem que a cidade inteira os observava, eles se separaram e cobriram suas vergonhas como Adão e Eva nos Jardins do Éden. Nossa Senhora de Cafundós entrou pelo portão, cheia de esplendor, e abriu o chão com uma batida de seu cetro: um buraco cheio de lavas e gritos de lamento se abriu no solo e os dois pecadores caíram nele, gritando e implorando perdão. A santa olhou para mim, sorrindo em agradecimento: eu a ajudara a acabar com aquela desfaçatez.

No dia seguinte, fui recebida na casa de Agatha por uma escrava.

Ela solicitou que eu esperasse na sala enquanto a condessa não chegava, pois fora tratar da festa anual com o padre Tiago. Eu sabia bem o que ela de fato fazia com aquele corrompido, mas me contive e sorri como resposta. Sentei-me num dos sofás. Era um cômodo bonito, ninguém podia negar que Agatha era uma mulher com classe: os sofás combinavam com o tapete e as cortinas, todos vermelhos como os seus cabelos, e uma mesa de centro completava a decoração. A escrava me ofereceu um refresco enquanto a aguardava; aceitei para me ver livre dela por um tempo, pois minhas investigações só seriam bem-sucedidas se eu estivesse sozinha. Como não havia nada de suspeito na sala, decidi que precisava procurar algo nos demais aposentos. Sei que não é de bom tom invadir a casa dos outros e entrar nos demais cômodos sem ser convidada, mas o que era isso perto de ter um caso com o padre local?

Não havia nada de suspeito no corredor: pinturas da condessa, do conde, dos dois abraçados numa namoradeira rodeada de flores, de um casebre à beira de uma montanha, de um jarro cheio de rabiscos abstratos... nenhum dos enteados, como era de se esperar. A condessa apagou a existência deles daquela mansão para sempre.

Agatha não se desfizera da cama em que dormia com o falecido. Lembrava-me dela, quando estive na casa pela última vez, no velório do pobre conde Nicolau. Ela estava lá, grande e aconchegante, mesinhas de cabeceira de madeira escura de cada lado; a cor do guarda-roupa também combinava com os outros dois móveis, assim como a cor do tapete e dos cobertores: os dois de um vinho escuro que parecia retribuir os meus olhares de espanto e medo. Agatha pensava em cada detalhe de sua mobília.

Eu já chegara até ali, não podia vacilar: abri o guarda-roupa. Qualquer informação, qualquer uma, ajudaria. Foi então que senti com minhas mãos uma porta ao fundo do móvel: seria possível? Fria, de uma madeira grossa, no mesmo tom do guarda-roupa, mas inconfundivelmente uma porta. Tateei, procurando uma maçaneta e, de algum modo, ela se abriu: outro cômodo me aguardava. Entrei, desajeitada; tentei deixar as roupas tão dobradas quanto estavam ou ao menos não as amassar. Ninguém poderia sequer cogitar que estive no local.

O cômodo era escuro devido à ausência de janelas, e um cheiro de velas apagadas o impregnava. No centro, um tapete negro com o desenho de uma estrela cinza dentro de um círculo. Vi que havia uma adaga jogada num de seus cantos: o objeto estava sujo de vermelho. Pensei, arrepiada, que poderia ser sangue, e me perguntei o que uma mulher tão elegante quanto Agatha faria ali. Ou talvez fosse um cômodo desconhecido dela própria, e o conde levara uma vida misteriosa que todos desconhecíamos? Notei uma prateleira cheia de livros grossos e potes de vidro grandes com líquidos de diferentes cores: azuis, verdes, cinza, amarelos. Ao reconhecer o conteúdo de cada um, dei um gritinho de pânico: patas de pássaros, orelhas de cavalos, a arcada dentária de um cão, ou seria de um lobo? Apanhei um pote com uma mão dentro: era peluda e com as unhas encardidas, talvez até estivessem podres. Era um pote comprido e pesado; deixei-o cair no chão ao apalpar a sua tampa: seria a prova de que estive naquele lugar horroroso! Eu sentia as batidas de meu coração como se ele quisesse sair de meu peito. Minha respiração se tornou pesada. Mas o pior não fora aquele desastre, quem me dera se fosse. A mão, a mão que estava no pote que quebrei, começou a andar sozinha pelo aposento! Pedi que Nossa Senhora de Cafundós me protegesse e me tirasse dali. Lembrei da saída e vi, enquanto ajeitava as roupas para passar ao outro lado, que a mão alcançara a adaga e vinha em minha direção. Como segurava a arma com dois de seus cinco dedos, seus passos eram lentos, e tive que me apressar: consegui fechar a porta quando vi que ela alcançava o seu limiar. Eu a bati com força, pois não sabia como fechar portas sem maçanetas. Ainda ofegante, fechei a porta do guarda-roupa e a alisei, como se aquilo impedisse ainda mais aquela mão demoníaca de sair do outro lado.

— Senhora Fátima?!

Berrei de susto e me virei em pânico. Senti lágrimas virem aos olhos, mas respirei um pouquinho aliviada. Era a escrava que me recebera. Suas mãos estavam em repouso, juntas; as sobrancelhas, arqueadas; talvez não tivesse entendido o meu grito.

— Está tudo bem, senhora Fátima?

— É claro que está, por que não estaria? Eu... eu... estava checando os vestidos da condessa; não quero vender peças repetidas a ela. Quero surpreendê-la com novos modelos.

— A condessa está esperando a senhora na sala.

Acompanhei, desnorteada, a escrava de volta. Teria ela acreditado no que eu disse? E a condessa acreditaria em minhas palavras? Percebi, então, que estava num caminho sem volta: eu tinha que ir até o fim. Se havia algo de errado com a condessa Agatha, cabia a mim descobrir.

Do caso com o padre Tiago eu já sabia, só me restava encontrar provas concretas.

A condessa trajava um vestido preto que se tornava justo na altura da cintura, de modo a marcar de leve essa parte de seu corpo. O decote saliente denunciava o que fora de fato fazer com o padre: quem olhasse os seus seios com atenção veria marcas vermelhas, como se alguém os houvesse tocado com força. Ela abriu seu leque quando me viu e começou a se abanar. Um certo atrevimento perpassava seus olhos. A escrava explicou, com poucas palavras, o que eu fazia no quarto.

– Jana, traga refrescos para nós duas, por favor.

– Sim, condessa – a escrava disse e se retirou.

– Então foste verificar quais vestidos já comprei em tua boutique. Hmmm, interessante. Gosto de empregados independentes, que sabem trabalhar sem que eu tenha que dar ordens o tempo todo. Mas por que não levaste tua maleta junto? Os atuais modelos não estão registrados em tuas anotações? Que estranho, não?

E eu de fato esquecera a maleta na sala. Ela estava lá, num dos sofás, denunciando a minha mentira. O que eu diria à condessa após esse relapso tão estúpido? Lembrei-me do que pensei pouco antes de entrar na sala, sobre o caminho sem volta.

– Me perdoe, condessa, esqueci de levá-la comigo. Mas também não faz diferença, me lembro bem dos modelos que chegaram à loja há pouco. – Sorri para disfarçar.

Inocentes não demonstram culpa.

– Ah, claro. Não é por acaso que tens as clientes mais ricas de Cafundós. – Ela retribuiu o sorriso. – Quiçá um dia o próprio imperador Pedro II te chame para vender vestidos à imperatriz e às suas filhas. Ouvi rumores de que nossas princesas já são adoráveis crianças!

– Agradeço o elogio, condessa – respondi sem conseguir esconder a rispidez em minha voz.

E então começamos a conversar sobre os vestidos. A condessa, como sempre, pedira os mais caros e cheios de detalhes: era incrível como, mesmo obrigada a vestir o preto de luto, ela dava um jeito de ser espalhafatosa. Notei que o desenho de um modelo com decotes e pedrinhas vermelhas na altura dos seios foi o que mais lhe chamou a atenção; não por acaso, escolheu-o e pediu para experimentá-lo no dia seguinte, em minha loja.

– Só um momento, vou buscar o adiantamento do vestido – disse enquanto punha as mãos na testa, como se me lembrasse de algo – e falarei para a incompetente da Jana trazer os refrescos logo, aquela preguiçosa!

Não hesitei. Ao vê-la sair da sala, abri sua mala e procurei algo nela que me ajudasse. Encontrei o que enfim buscava: uma carta do padre Tiago, combinando um dia e horário para que se encontrassem *em segredo* – palavras dele – alguns dias após a festa da santa! Mas não bastasse esse dado, ele também escreveu todos os horrores que pretendia fazer com ela: rasgar sua roupa, beijar sua pele, morder suas nádegas... que Nossa Senhora de Cafundós me perdoe por ler tais heresias! Mas era mais do que suficiente para provar a toda a cidade o que acontecia naquela igreja. Tratei de fechar a maleta e deixá-la do jeito que a encontrei antes. Guardei aquela carta horrenda em minha própria mala.

– O refresco, senhora Fátima. – Jana me ofereceu um copo, constrangida. A condessa veio logo em seguida. A escrava também lhe ofereceu um copo, e ela o aceitou enquanto me estendia a mão com as notas do adiantamento.

– Peço que me desculpes o atraso. Não te esqueças dos detalhes que deves acrescentar ao vestido. – Para ela, eu era tão sua serva quanto Jana.

– Não te preocupes, condessa. Eu é que agradeço tudo o que fazes por mim. – A bebida estava tão doce quanto o sabor de minha vitória.

Sonhei outra vez com a santa: o padre e a condessa estavam amarrados em estacas, em frente à escadaria da igreja, nus, com as mãos acima de suas cabeças. Eu estava parada em meio aos degraus e lia seus pecados em rolos de papel, um a um, enquanto a cidade gritava por justiça. Nossa Senhora de Cafundós apareceu no topo da escada, disse algumas palavras em latim, e chamas apareceram ao redor dos dois pecadores, consumindo os seus corpos profanos. Ambos gritavam de dor, e todos aplaudiam o que se passava. A santa sorria para mim, sua representante naquele povoado.

Consegui marcar um encontro com o padre Gabriel apenas na sexta-feira, um dia antes da festa. Uma funcionária de minha boutique, Inácia, foi à igreja inúmeras vezes a meu pedido, até que encontrássemos uma data em que ambos tivéssemos disponibilidade. Disse a ela que era um assunto particular, um problema de família que ele já conhecia e sobre o qual conversaria comigo. Inácia e toda Cafundós saberiam da verdade na hora certa.

O padre estava com olheiras fundas e já não sorria mais. Deu um suspiro pesado ao me ver entrar em seu gabinete. Será que ele descobrira algo importante?

– Padre, encontrei o que precisávamos! Agora já temos como desmascarar aqueles dois! – disse enquanto lhe mostrava a carta.

Ele arregalou os olhos enquanto a lia, mas não parecia tão chocado. Balançava a cabeça como se constatasse algo que já sabia.

— Apenas confirma o que descobri. Ao analisar as contas da igreja e organizar alguns documentos pendentes, vi que o padre Tiago gasta o dízimo de nossos fiéis com bebidas destiladas e joias femininas. Não o questionei, pois sabia que inventaria alguma mentira. Ele pareceu muito perturbado quando descobriu o que eu estava fazendo, mas não te preocupes, disfarcei como pude. Além disso, vejo como ele está sempre inquieto e ansioso, como se a minha presença o incomodasse. E obtive ontem a prova mais concreta de todas: quando ia a uma sala nos fundos da igreja procurar mais provas, ouvi barulhos saindo do recinto. Aproximei-me com toda a cautela possível e vi, pela fresta da porta, o mesmo que viste outro dia. Eu vi o padre Tiago... o padre... e aquela mulher... — O padre Gabriel começou a chorar e, sem saber o que fazer, eu o abracei.

— Essa pouca-vergonha acabará amanhã, padre. Cafundós saberá de tudo, e nenhuma blasfêmia acontecerá mais em nossa igreja. — Eu dava tapinhas em suas costas. O homem estava reduzido a lágrimas e soluços. — Amanhã, antes de o bispo discursar, tens que dar um jeito de me deixar falar. Estarás a meu lado, e contaremos tudo!

— Sim, poremos um fim a essa história — ele respondeu. Seus olhos ainda estavam molhados.

As beatas rezavam quando saímos de sua sala. Trocamos sorrisos tímidos antes de eu cruzar as portas da igreja. Os mesmos gatos do outro dia estavam na escadaria, um preto e outro rajado. Seus miados de fome eram agudos e estridentes. Comprei mais leite e servi os pobres animaizinhos.

O dia enfim chegara. Agatha pedira que eu a ajudasse a se vestir e a se preparar para a festa em sua casa, e eu aceitei. Seria ótimo ver seu sorriso zombeteiro antes de desmascará-la. O vestido combinou com ela; as pedrinhas que acrescentei a seu pedido quando esteve em minha loja ficaram muito bonitas, ela mesma admitira. Sua maquiagem era discreta, talvez para compensar o escândalo que o vestido por si só já representava. Inácia me acompanhara no dia, e soube bajulá-la melhor do que eu jamais faria. Veríamos se, após a festa, minha empregada a trataria da mesma forma.

Sua escrava nos serviu refrescos e também teceu vários elogios à condessa quando a viu.

– Vamos, Inácia. Temos que nos preparar também, e a condessa deve descansar.

– Sim, dona Fátima – ela respondeu.

– Não te esqueças de tua maleta, querida – disse a condessa e a estendeu em minha direção. De fato, não me recordava mais de tê-la levado comigo, tamanha a minha euforia. Mas a pressa é inimiga da perfeição: a carta do padre estava lá dentro. Deixá-la lá poria tudo a perder.

– Claro, a maleta. A condessa é sempre muito solícita comigo – respondi.

A festa estava magnífica como sempre. Comidas típicas de nossa região eram servidas enquanto a música alegrava o povo. Vi muitos de meus conhecidos dançando próximos à fogueira que se erguia no pátio da igreja ou comendo nas mesas ali espalhadas. A condessa estava sentada perto de outros nobres, observando tudo o que se passava. Trocamos olhares discretos, e sorri, triunfante. O bispo caminhava em direção às escadarias, com o padre Tiago a seu lado. Onde estava o padre Gabriel?

– Minha querida Cafundós, é com muita alegria que venho mais uma vez à festa anual da santa. Sempre encontro um povo hospitaleiro e acolhedor aqui... – o bispo começara a discursar. Era agora. Mas onde estaria o padre Gabriel? Eu não o via em canto algum. Procurei ficar bem próxima dos sacerdotes, para que pudesse chegar rápido ao topo quando fosse a minha vez de falar. Eu olhava para os lados, angustiada. – E agora, eu gostaria de chamar – levantei-me para falar, pois chegara o meu momento – uma mulher que ajuda muito a nossa igreja com doações sempre generosas: condessa Agatha Alvarenga Fortes, concede-nos o prazer de tuas palavras.

Olhei o bispo, sem reação. O padre Tiago olhava para o chão, como se não quisesse estar ali. O constrangimento em seus olhos era nítido quando a condessa trocou olhares com ele.

– Povo de Cafundós, meu querido povo de Cafundós. Tenho uma confissão horrível para fazer... – A condessa empostava bem a sua voz enquanto falava. O padre Gabriel a convencera a confessar seus pecados diante de todos? Talvez assim a santa os perdoasse, ele deve ter imaginado. – AAAHHHH! – a condessa gritou e começou a chorar. O padre Tiago lhe estendera um lenço, como se soubesse que aquilo era esperado. A mulher parecia atormentada pelo pior dos demônios. – Descobri que essa mulher... essa mulher tem um caso com o padre Gabriel! – e apontou em minha direção.

A multidão deu um grito de espanto em uníssono. Mirei seus rostos um a um, meu queixo caiu e não queria voltar ao normal. Senti palavras de revolta entaladas em minha garganta e levei as mãos até o pescoço, buscando algum alívio...

– Mas... que absurdo é esse... como te atreves a fazer uma acusação maluca dessas? Sabes muito bem que... – eu falava pausadamente. Precisava recuperar o fôlego a cada frase.

– Não percas teu tempo tentando negar. – A condessa tomou o controle da situação, frente à minha insegurança. – Tenho todas as provas, sei muito bem o que houve. Seduziste o pobre padre e o induziste ao pecado dentro de nossa própria igreja. Eu e o padre Tiago encontramos essa echarpe no quarto do noviço, e a reconheci no instante em que a vi. – Estendeu o objeto diante de todos. – Era a mesma que usaste quando foste em minha casa oferecer teus vestidos. Negas que ela te pertence?

A condessa falava a verdade, o lenço de fato me pertencia, mas lembro bem de ter saído de sua mansão com ele envolto em meus braços. Como ela conseguira aquilo? Se atrevera a entrar em minha casa para roubá-lo?

— Sei muito bem o que está acontecendo aqui. Sei que... sei — minhas expirações estavam cada vez mais pesadas, senti a minha testa arder de febre...

— E tem mais. Antes de deixar a cidade, o padre Gabriel me entregou uma carta confessando tudo. Ele se sentia tão culpado que fugiu. Tudo o que me disse foi que procuraria outra profissão a seguir — ela entregou um papel ao bispo, que o lia, estupefato. — Um rapaz ainda tão jovem, seduzido por uma mulher da tua idade. Como pudeste fazer isso, Fátima?

— De fato, essa é a letra do padre Gabriel. Convivi com o garoto por um tempo na capital, em Ouro Preto — disse o bispo.

— Contarei a todos que estão aqui presentes a verdade. Inácia, minha querida... — Abri minha mala e entreguei à minha criada a carta que o padre Tiago escrevera. Ela me encarava com as sobrancelhas franzidas e os olhos semifechados. Estaria convencida por aquela farsa? — Precisas acreditar em mim. Leia essa carta, e saberás a verdade...

Inácia olhou para o papel e arregalou os olhos. Parecia surpresa, mas não brava.

— São só rabiscos, nada além disso. — E me devolveu o papel. A letra do padre Tiago não estava mais lá. E os rabiscos eram idênticos aos do quadro que vi na parede da condessa... — Como podem esses rabiscos provarem tua inocência? Bem que desconfiei, tu me fizeste ir tantas vezes à igreja atrás do padre Gabriel. Era para isso, então? Ainda não consigo crer, mas as provas estão aqui, incontestáveis!

— Eu também achava muito estranho vê-la falar tanto com o padre Gabriel em privado. E o abraçava na nossa frente, trocava carícias com ele diante de nossos olhos, sem sequer disfarçar! – disse uma das beatas que frequentava a igreja. Outras mulheres da cidade, que também não faziam nada além de rezar naquele lugar, murmuravam, concordando.

– Que decepção, minha amiga – disse a irmã do padre Gabriel, com os olhos vermelhos. Até ela cria naquele absurdo, como podia?

– Estão enganados, não posso acreditar que foram enganados pela condessa. Não é possível que... – Eu olhava para os rostos dos demais, convictos de que eu era a pecadora no recinto. Mas isso não podia ficar assim, não podia...

– Que um castigo venha dos céus até a pecadora que foi desmascarada nesta noite! – disse a condessa.

Eu precisava fugir daquela festa, encontrar um jeito de provar minha inocência e mostrar a todos quem era aquela mulher. Não consegui mais reconhecer os rostos dos cafundoianos, cidadãos do lugar onde nasci e cresci. Suas faces estavam desbotadas e perdiam o foco. Só conseguia ver a lua cheia no céu, rodeada de estrelas. Lágrimas queimavam meu rosto, impedindo-me de articular as palavras certas.

– Isso não ficará assim, a justiça será feita, eu nhóóóóóóóóóó, nhóóóóóó – o que estava acontecendo com a minha voz? Por que ela saía daquele jeito? – eu, isso... nhóóóóóóó!!!

Se antes me fitavam com medo, agora as suas expressões eram de pavor. Crianças choravam, e algumas mulheres caíam desmaiadas no chão. Uns homens tentavam afastar as pessoas de perto de mim com a ajuda de escravos que trabalhavam na festa da Santa. O padre Tiago estava em pânico, mas olhava em direção à condessa, que fora afastada enquanto dissimulava medo. Os dois gatos que viviam na igreja estavam na escadaria, mas agora eram acompanhados por um terceiro. Pequenino, frágil, era um filhotinho de pelos brancos e tinha uma mancha preta na parte direita de seu rosto. Ele miava desesperado enquanto me encarava. Apenas quando um velhote tentara me espetar com um rastelo de ferro que olhei para o meu próprio corpo...

Eu já não tinha braços e pernas, mas sim patas dianteiras e traseiras. Meu corpo estava tomado de pelos curtos e marrons que cresciam sem cessar, e a dor causada por tal rapidez tomava cada centímetro de mim. Senti minha cauda balançando para espantar os outros homens. Um escravo jogou um balde d'água em minha cabeça, o que só fez com que ela doesse ainda mais. Ela queimava, impedindo-me de enxergar com nitidez qualquer coisa à minha frente...

Empinei o corpo e saí do pátio da igreja, trotando com minhas patas. Os gritos aumentavam a cada virada de rua que eu dava por Cafundós. Alguns senhores, acompanhados de seus escravos, seguiam-me, montados em seus cavalos, mas eu corria mais rápido que cada um deles. O tiro de suas espingardas me feria, mas os machucados saravam poucos segundos depois. Num dado momento em que me virei para ver quão próximos estavam e vi que me alcançavam lentamente, descobri que podia cuspir pequenas bolas de fogo, o que fez com que a distância entre nós aumentasse. Pouco antes de sair da cidade, vi meu reflexo num rio: eu era um jegue ou uma égua, talvez, nunca entendi de equinos. E não tinha mais cabeça, apenas chamas pouco acima de meu pescoço. Não sei como conseguia enxergar, mas minha visão voltara a ser nítida como antes. A cidade já estava distante quando enfim parei; não podia mais vê--la, e foi quando finalmente amanheceu.

Acordei numa mata fechada, nua, mas voltara a ser quem eu era. Meu corpo todo estava dolorido; e minhas mãos, cheias de calos. Saía um pouco de sangue de meus pés. Nunca pensei que poderia me sentir feliz por saber que tinha dedos! Eu me agachei próximo a uma árvore e chorei.

Teria sido a noite anterior um pesadelo? Como fui parar naquele lugar?

Encontrei uma estrada e decidi segui-la. Cobri meu corpo com algumas folhas e, após alguns curtos passos, percebi que estava mancando. Uma carruagem se aproximava atrás de mim. Eu não sabia o que dizer. Nada explicaria como uma mulher decente andava naquele estado na beira de uma estrada em plena manhã de domingo.

– A... senhora precisa de ajuda? – ouvi uma voz saindo da carruagem, perguntando-me. Era uma freira gordinha e de cabelos brancos. Usava óculos com lentes grossas e hastes grandes.

– Água! E uma roupa, por favor! – respondi, chorando. Outras duas freiras mais jovens saíram da carruagem e me ajudaram a me vestir. Era um vestido simples, de camponesa, mas eu não podia exigir muito na situação em que estava. Elas também me emprestaram um par de sandálias velhas enquanto me colocavam para dentro. Deixei que me levassem, como se eu não pudesse ir sozinha.

O barulho dos cavalos trotando me trouxe péssimas recordações da noite anterior. Eu não disse uma única palavra, mesmo ao ver que me encaravam, pedindo explicações.

– Acham que estamos chegando? – uma delas perguntou.

– Sim, a estalagem de Serro está logo adiante – outra respondeu.

Serro? Como eu conseguira ir tão ao sul em tão pouco tempo?

Descemos no local combinado e entramos. Fui apresentada como uma "moça que precisava de ajuda", e os empregados não fizeram mais perguntas. Pouco antes de cruzarmos a porta de entrada, ouvi a freira mais velha dizer ao condutor da carruagem que não contasse a ninguém como me encontraram. Ele acenou a cabeça em sinal de acordo.

No horário do almoço, sentamo-nos numa mesa, na varanda, enquanto esperávamos a comida que estava no fogão à lenha ser servida. Falei o mínimo que pude, respondendo com palavras curtas. O enunciado mais extenso que disse foi o meu nome. Ofereci-me para ajudar os criados a servirem as freiras. Era o que eu podia fazer para agradecer. Enquanto comiam, conversavam sobre o que fariam numa cidade vizinha: pretendiam ajudar o padre local com as aulas numa escolinha. As crianças da cidade seriam alfabetizadas, e cabia às freiras ajudar no que fosse necessário.

Meu momento mais feliz naquela manhã foi quando comi meu almoço. Refleti sobre a noite anterior e os últimos acontecimentos. Meu comportamento foi a única explicação que encontrei. Em meu ânimo por desmascarar o padre e a condessa, permiti que a soberba se apossasse de meu coração e desejei aos dois que fossem punidos, e não que encontrassem o arrependimento e a redenção. A santa fora rápida em usar a ímpia para me punir. E o pobre padre Gabriel? Lembrei que, em nosso último encontro, cometi a estupidez de não lhe contar o que vi na mansão da condessa, aquele cômodo pavoroso e a mão que pretendia me matar. Teria ele conseguido se defender se soubesse do que a condessa era capaz?

Passei o dia todo ajudando os empregados na estalagem, pois era uma forma de evitar que me fizessem perguntas. Varri a recepção, troquei os lençóis das camas e até fui com as lavadeiras para o riacho esfregar algumas toalhas de mesa sujas. Quando me perguntavam quem eu era, repetia o que a freira mais velha dissera quando chegamos: estava sendo ajudada por elas.

Anoiteceu. O jantar foi servido no quintal, lampiões iluminavam o caminho da estalagem até as mesas. As freiras conversavam em sussurros em meio aos demais hóspedes, que, por sua vez, eram muito mais animados. Todos as fitavam com um discreto respeito, mas procuravam manter distância. Eu servia frango cozido a uma delas quando me agarraram pelo braço.

— Tens que contar o que te aconteceu. Não sabemos de onde és nem por que estavas fugindo, precisamos saber a verdade – uma das jovens disse.

— Sim. Agradecemos sua ajuda e vemos como és prestativa, mas temos que saber quem está viajando conosco! – a freira mais velha disse.

— Está bem. Contarei tudo, toda a verdade – eu disse. Sentei-me no banco e respirei fundo. A história era longa. – Mas precisam saber que talvez não gostem de ouvi-la ou talvez não estejam preparadas. Eu... eu... – A respiração me faltava mais uma vez – eu... nhóóóóóóóó!!!

Levantei-me de susto ao ouvir de novo aquele barulho saindo de minha boca. As freiras me olhavam espantadas, a mais velha se benzeu após levar as mãos à boca no susto do momento. Aos poucos, os demais hóspedes começaram a perceber o que estava acontecendo. Suas falas soavam altas e desconexas, eu entendia poucas palavras do que diziam. Massageei de leve minhas têmporas ao sentir aquela dor familiar chegar à minha cabeça. Olhei para o céu enquanto titubeava para longe. Era noite de lua cheia.

— Então você acredita mesmo nas lendas daqui de Cafundós, Vitório? – perguntei ao meu noivo.

Ele tirava uma foto da cidadezinha com seu *tablet*. Estávamos no alto de uma colina e tínhamos acabado de montar nossa barraca. A lua brilhava no céu, imensa e com um leve tom amarelado. Eu tomava uma lata de cerveja, sentada numa pedra, enquanto ele admirava a paisagem, fascinado. Era a nossa última viagem como noivos: o casamento estava marcado para o mês seguinte.

— Não disse que acredito, disse que é uma história impressionante. Uma mulher teve um caso com um padre e foi punida pela santa local na frente da cidade inteira! Vai dizer que não daria um belo filme de terror, Denise?

— Você e essas suas ideias malucas. Vamos, tá frio e tô com sono. Quero andar pela cidade inteira amanhã e conhecer tudo. Vai que essas cidadezinhas históricas de Minas Gerais não existam mais um dia, né?

— Ai, que dramática... — disse ele, pouco antes de entrar na barraca.

Nós nos abraçamos e conversamos trivialidades enquanto o sono não vinha. Foi ele que me fez ficar aventureira desse jeito, e acho que essa era uma das principais razões para eu estar tão apaixonada. Foi a mãe dele que comprara o meu vestido de noiva. Ela me tratava como se eu fosse sua filha.

— Eu te amo, sabia? — disse enquanto acariciava o rosto dele.

— Eu também te amo! — ele respondeu.

Ouvimos um movimento brusco lá fora, em meio às árvores. Ele se levantou e olhou para os lados, procurando a lanterna. Vesti minha calça enquanto ele punha as pilhas no aparelho. Era muito difícil enfiá-la em meu corpo quando estava deitada, mas já estava acostumada: fiz isso muitas vezes em nossas viagens.

— Você não precisa vir junto, não deve ser nada de mais — Vitório disse.

— Nem pensar! Eu sei que esse *camping* é seguro, mas não vou deixar você sair daqui sozinho.

Saímos da barraca. O barulho estava mais distante, dentro da mata. Vitório insistiu em ver o que era, mesmo quando eu disse que podia ser só um bicho, nada além disso. Por que ele era tão teimoso?

Decidi segui-lo, já que não tinha outra opção. As árvores da mata eram dispersas, de modo a não dificultar nossos passos. Havia alguns gravetos e folhas velhas caídas no solo, o que podia ter sido a causa do barulho, aquele deslocamento forte que ouvimos minutos antes de dormir. Mas quem o fizera? Já não o ouvíamos mais.

— Viu como não era nada de mais? Sossega, homem, vamos para a barraca! — eu disse, puxando a sua mão.

— TENS QUE SABER A VERDADE!

Uma mulher apareceu ao nosso lado. Seus cabelos eram brancos e ralos; a pele em seu rosto era tão enrugada, que mal podíamos ver os seus olhos. Pude ver suas unhas podres quando ela tentou nos tocar, mas não permitimos que ela fizesse isso e saímos correndo o mais rápido que conseguimos. A esteira da academia enfim servira para alguma coisa! Não olhei para trás uma única vez.

Quando chegamos à nossa barraca, começamos a desmontá-la sem conversar. Tudo o que dizíamos um para o outro era "Anda!" e "Vai logo!". Soquei as roupas em minha mochila sem dobrar uma única peça. Os segundos que levei para amarrar os cadarços dos tênis foram os mais demorados de toda a minha vida. Vitório terminava de atar a mochila ao seu corpo quando me levantei.

— Anda, vem! A gente tem que ir embora daqui ainda hoje.

— Eu sei, eu sei!

A mulher apareceu novamente na beira da colina. O susto fez com que eu caísse no chão, apavorada.

— Não é justo que falem tantas mentiras de mim! Não é justo o que a história fez comigo! Alguém precisa dizer para as pessoas de Cafundós o que aconteceu! — ela dizia. Me ar-

rastei para longe ao vê-la se aproximar. Vitório me reergueu.
– Contem, por favor! Contem, nhóóóóóóó!

Seus dedos se fecharam, transformando-se numa pata. Pelos nasciam em todo o seu corpo, e suas roupas se rasgavam. Vitório tacou uns pedaços de madeira na velha desfigurada, o que fez com que ela cambaleasse para longe.

Foi o tempo que tivemos para fugir. Conhecíamos o caminho até a entrada do *camping*, e Vitório deixou que eu fosse na frente. O cheiro intenso da fumaça fez com que eu me distraísse e deixasse a lanterna cair no gramado. Quando alcançamos a porteira, vimos que as pessoas nos encaravam como se fôssemos loucos. Mas as nossas vidas eram mais importantes do que as nossas reputações. Vitório arrombou o cadeado e saímos pela estrada, correndo sem hesitar.

OS VISCERALIZADOS

O balançar da carruagem era o que menos incomodava Cecília naquela viagem a São Moreira.

Lembrava-se com muita vivacidade do dia em que ela e a mãe fugiram daquela cidadezinha no interior do Mato Grosso. O pai, o famigerado capitão Tomé Garcia, fora tomado por mais um ímpeto de fúria após se embriagar de vinho, e espancou a própria esposa na frente da filha – Cecília também levou um soco na boca e tinha, desde então, uma cicatriz próxima aos lábios. Quando o homem desmaiou devido ao efeito da bebida, as duas partiram para Cuiabá sem olhar para trás.

Alice, sua mãe, atribuía a São Benedito o milagre de seu marido nunca as ter procurado. Mas, desde que passaram a viver com os parentes da capital, nunca deixaram de tomar precauções para viverem em segurança. Mesmo já sendo uma mulher adulta, Cecília só conseguiu tranquilizar a mãe quanto à viagem quando lhe contou que Marcelo, seu marido e amado, a acompanharia.

"Ainda assim, não me agrada a ideia de te ver voltar àquele lugar", Alice dissera pouco antes de se despedirem. "Lembra-te de tudo o que a carta que recebemos nos informou: os militares já se encarregaram de enterrar o corpo horroroso dele. Só tens que pegar os documentos referentes ao óbito e voltar para cá assim que possível!".

— Cecília... Cecília? — Marcelo a despertou de seus devaneios.

— Diga, querido. — A carruagem provavelmente passou por um trecho pedregoso da estrada, pois dera um chacoalhão maior do que o normal.

— Acho que chegamos. Aquela é a capela amarela que fica na entrada da cidade, não é?

Apesar da dificuldade em enxergar no começo da noite, Marcelo se lembrou com exatidão das descrições que Alice fez de São Moreira. Seu palpite estava correto. Pagaram o condutor do cupê que os levou e caminharam com as malas pela praça principal, em direção à estalagem que a mãe de Cecília lhes recomendou.

Numa situação convencional, seria uma ocasião para Cecília se lembrar com carinho e nostalgia da cidade onde passara parte de sua infância. Porém, suas lembranças não a permitiam vivenciar qualquer experiência positiva. Quando criança, tentava esconder de quem era filha, mas a informação sempre vinha à tona, como uma praga que aparece no jardim, não importa quantos antídotos se use. Olhar as vielas e casas de São Moreira, tão semelhantes às lembranças de seu imaginário, despertava em Cecília o mesmo anseio da mãe: ir embora dali na primeira oportunidade.

Ao andarem pelo local, no dia seguinte, o modo como as pessoas a encaravam na rua aumentava o seu desejo. Cobriam a boca com as mãos ao cochicharem, apontavam o dedo sem qualquer constrangimento e davam gritos de susto. Uma beata, ao sair da igreja e se deparar com o casal, benzeu-se, aos berros.

— O criador não protege infelizes como tu, velha miserável! — Marcelo gritou em resposta.

— Marcelo, não fales desse modo com as pessoas. Não percebes que podes aumentar o asco que sentem diante da minha presença?

— Está bem, está bem. Vamos ao que interessa. Onde fica a repartição mesmo?

— Perto daquela praça onde os escravos vendiam os legumes e verduras de seus senhores — Cecília apontou.

Já fazia dois ou três anos que os escravos haviam sido libertos pela Lei Áurea. Agora, o local fora tomado por pequenos vendedores de toda a região. Chegavam sempre juntos, transformando o pacato espaço num rápido aglomerado de gentes diversas.

Foi enquanto cruzavam a muvuca que uma mulher idosa os parou, fazendo um gesto com as mãos. Tinha baixa estatura e pele moreno-avermelhada; os lisos cabelos castanho-escuros alcançavam a altura da cintura, e os olhos pequeninos estavam marcados por olheiras. Rugas cobriam boa parte de sua pele. Usava uma peça que Cecília não soube dizer se era túnica ou vestido. Era preta, remendada nas extremidades e enxovalhada em muitos pedaços.

— Não te iludas! — ela disse enquanto arregalava os olhos. Projetava a voz de modo tal, que alguns indivíduos pararam para escutá-la. — Quando a carne podre toca o solo, a terra a regurgita para evitar que o mal a contamine. E a carne podre sabe a força que tem. Rejeitada pelos reinos da luz e das sombras, seu destino será vagar pela terra até o fim dos tempos...

— Senhora, permita que sigamos nosso caminho, não temos tempo a perder... — Marcelo tentou se afastar, pegando Cecília pelo braço trêmulo. Sua esposa estava em choque, não esboçava qualquer reação. O número de observadores aumentou.

A Senhora agarrou Cecília pela outra mão.

— A maldição veio no dia em que a carne podre teve a audácia de agredir a própria mãe, estapeando-lhe a face. Não te iludas! A desgraça corre nas veias de todo aquele que carrega o seu sangue. Choro, tristeza e pesar acompanharão a sua linhagem, geração após geração...

— Minha senhora, pare de dizer tolices — Marcelo a empurrou com mais força do que pretendia —, não vês que estás incomodando minha esposa e...

— MARCELO, FAZ ESSA MULHER PARAR, POR FAVOR! — Cecília enfim recobrou a fala —, PEDE PARA ELA PARAR! — Seus gritos atraíam cada vez mais pessoas. Um grupo de guardas corria em direção à multidão que ali se instalara.

— O único jeito de impedir o mal de seguir seu caminho é alertando sobre ele... — a senhora continuava.

Cecília tinha dificuldade de discernir os rostos das pessoas. A voz de Marcelo ora se aproximava, ora soava distante. As falas entrecortadas dos transeuntes a confundiam. A única presença que não se embaralhou em sua mente era o rosto da senhora, que se tornava mais nítido frente aos borrões que os demais se tornavam...

— Minhas desculpas, senhora. Minhas mais sinceras desculpas. — As palavras eram do capitão Dias, amigo de seu falecido pai. Ele estava parado próximo da janela. — Aquela maluca já foi presa por meus homens.

Ao recobrar sua consciência, Cecília percebeu que estava na cama da estalagem em que ela e o marido se hospedaram.

– Marcelo... onde está Marcelo? – ela perguntou.

– Estou aqui, minha querida. – Ela o viu sentado do outro lado da cama. Ele a beijou na testa, pegando sua mão e a apertando com força.

– Quem era aquela mulher, capitão Dias?

– Ela pertence a uma família de bolivianos que veio para cá há alguns anos. Também possuem os seus próprios garimpos, assim como o teu pai. Há quem diga, aqui, em São Moreira, que ela é uma bruxa, pois seus conhecimentos sobre ervas e plantas medicinais são muito vastos, mas para mim isso não passa de balela.

– Uma bruxa? Então isso explicaria o fato de que...

– Minha senhora, sê razoável. Sei que és uma dama instruída e esclarecida. Vives hoje na capital, não faz sentido que leves a sério as crenças de gente simples do interior.

– Ouça-me, capitão, ela sabia das atrocidades que meu pai...

– Atrocidades? – o capitão Dias a interrompeu. – Eu não usaria essa palavra. Sei que Tomé não era um homem fácil, mas não tinha má índole. A verdade é que, assim como muitos outros homens, as lembranças da Guerra do Paraguai o assombraram até a morte. Ele foi um bom capitão e lutou bravamente. Quando se defende a nação com garra, as cicatrizes das batalhas ficam até na alma.

– Ah, sim, compreendo... – disse Cecília, revirando os olhos sem esconder o sarcasmo.

– É provável que aquela velhota quisesse apenas te atormentar para que pudesse pôr as mãos nas minas que agora são tuas, Cecília. Meus homens trarão maiores informações sobre ela em breve.

Como se sua fala fosse profética, um jovem soldado entrou no cômodo, após bater à porta e ser autorizado a entrar.

– Capitão Dias – ele disse após prestar continência –, receio não trazer notícias boas.

– Prossiga – o superior respondeu.

– A senhora detida se... se... matou – ele disse com certo desconforto na voz.

– Mas... ora, como isso foi possível? – capitão Dias o questionou. Cecília e Marcelo se olharam, constrangidos.

– Encontramos um frasco caído no chão de sua cela; creio que era veneno. Provavelmente ele estava escondido em suas vestes, ninguém a visitou antes de o incidente acontecer.

– Que a Virgem Maria nos ajude! Se a família dela nos culpar, teremos que dar um jeito nisso...

– Ela não parava de repetir que precisava falar sobre o mal...

– Cala-te, imbecil. Não vês que assustarás a senhora Cecília? Ela já passou por maus bocados hoje e...

– Não! – interrompeu Cecília, entrando no diálogo. – Quero saber o que ela disse.

O pedido de Cecília surtiu um estranho efeito no soldado. Em vez de se sentir encorajado a falar, ele se deteve por alguns segundos. Seu tom de voz se tornou frio e sem emoção. Suor escorria de suas têmporas.

– Ela dizia que o mal precisa ser parado, mas nem ela sabia como fazê-lo. Disse que a carne podre nunca se cansará de causar dor e sofrimento. Antes de se matar, declarou que preferia morrer a correr o risco de se encontrar com esse mal.

Após dizer essas palavras, o jovem saiu sem pedir permissão ao capitão. Dias o seguiu, despedindo-se às pressas do casal que ficava no quarto.

– Marcelo, meu querido, escuta-me.

– Diz, Cecília. O que tens para me dizer?

– Em primeiro lugar, não acredites por um minuto sequer que houve qualquer resquício de boa índole em meu pai.

As palavras desse capitão são mentirosas. Nunca entenderei por que militares se defendem desse jeito tão apaixonado! Não são pessoas muito diferentes de nós dois, no final das contas.

– Sim, já me falaste muito de teu pai...

– Pouco antes de ir para a Guerra do Paraguai, ele brigou com a minha vó e a empurrou de uma escada, além de bater na cara dela. Apenas quatro pessoas sabiam disso: eu, ele, minha mãe e avó, que precisou usar uma bengala após ser agredida. Imaginas o que é ser agredido pelo próprio filho?

– Aonde pretendes chegar, Cecília?

– E tem mais: quando a consolamos em seu quarto, minha vó, que os céus a tenham, disse que meu pai tinha a *carne podre*. Como aquela mulher sabia disso? Essa lembrança era dolorosa demais para ela.

– Estás dizendo que teu pai segue vivo, então, por aí? Ora, que bobagem! Quando estavas desmaiada, o capitão Dias até comentou comigo que esteve no enterro dele...

– Não disse isso, Marcelo. Estou querendo dizer que as palavras dela me perturbaram. E que há algo de muito errado nessa história toda.

– Acalma teu coração, minha amada. Em breve voltaremos à capital, assim que todos os documentos referentes à morte de teu pai estiverem prontos. Ao final do dia, foram dormir sem trocar muitas palavras.

Durante a noite, Cecília acordou com um estrondo. Olhou pela janela e viu pegadas gigantes no chão. Caberiam nelas, com muita tranquilidade, três mulheres de seu tamanho. Decidiu segui-las, após ouvir os gritos de sua mãe pedindo socorro. Chegando à entrada de São Moreira, viu seu pai gigante segurando Alice nas mãos. Ela tinha o tamanho da filha, de modo tal que parecia uma boneca nas mãos de Tomé.

– Solta-me, solta-me, seu monstro!

– Ah, como é bom saber que mandaste minha filhinha de volta! – Ele apertava o seu tronco, e o fôlego de Alice fugia de seus pulmões. – E ela há de me trazer a mamãe também!

– Pare! – gritou Cecília. – Seu monstro, já disse para parar!

Cecília encontrou uma pedra e tacou-a nos pés do gigante. Ele riu e chutou a filha para longe. Ela caiu, então, num chiqueiro, sujando-se inteira de lama. O barulho dos porcos guinchando a fez virar o rosto para a direita. Eles berravam em torno do cadáver de sua mãe. Cecília não conteve o espasmo de susto que tomou seu corpo.

– Queres paz para ti e para tua mamãezinha? – Tomé estava novamente à sua frente, mas em tamanho normal. Usava as mesmas roupas do dia em que ela e a mãe fugiram. Um sorriso malicioso perpassava os seus lábios. – Venha, pois, até mim, bem onde estou. Venha!

Ele reapareceu, sentado no telhado de uma casa. Suas palavras foram as mesmas. "Venha."

Depois, no topo de um armazém, repetiu: "Venha".

Viu-o no banco da praça, gritando mais uma vez: "Venha".

Cecília viu-se em meio à confusão e gritaria dos feirantes. Contudo, todos tinham o rosto de seu pai e diziam a mesma palavra, "venha". O único rosto distinto era o da velha boliviana. Percebeu que parte de seus dentes estavam enegrecidos. Ela perguntou:

– Serás capaz de parar o mal?

Cecília gritou para que parassem, mas era inútil. Repetiam as mesmas palavras. Gritar mais alto era a única alternativa que lhe restara.

– PAREM, PAREM, PAREM!

– CECÍLIA, O QUE ESTÁ ACONTECENDO? ESTÁS FORA DE SI! – Marcelo a sacudia.

Ao perceber que nunca saíra da cama, exceto em sua mente, Cecília chorou. Não contou ao marido com o que sonhou naquela noite. Implorou que fizessem seus afazeres normalmente naquele dia.

Enquanto saíam de um cartório, após o almoço, foram parados por uma conhecida de Cecília. Ambas ficaram muito contentes com o reencontro.

– Minha nossa, já és uma mulher, enfim. Lembro quando eras menina e brincavas pelas ruas de São Moreira! – ela disse, com um sorriso no rosto.

– Já eu me recordo com carinho de quando íamos à sua casa comer tortas e bolos e ouvir teu marido tocar viola de cocho, Lucinha.

– Obrigada, Cicinha! – Havia muitos anos que ninguém chamava Cecília dessa forma. – Podem ir à minha casa quando tiverem tempo e, então, poderão me contar por que estão aqui em São Moreira.

– É por pouco tempo, estou cuidando de alguns documentos. Imagino que saibas o que aconteceu com o meu pai...

– Ah – Lucinha encarou o céu –, saber eu não sei, mas ele não deve estar aprontando nada de bom, como sempre. Ontem mesmo meu marido, o Josué, o viu andando na beira daquela estrada que vai para o cemitério e...

– ELE VIU O QUÊ? – perguntou Marcelo, incrédulo.

– Viu Tomé Garcia, teu sogro, filho de Deus! Meu marido levou as crianças para tomar banho de cachoeira e o viu quando voltavam para casa, no pôr do Sol. Viu assim, de longe, mas ele disse que não tinha como não reconhecer o capitão Tomé. Talvez ele estivesse procurando outra mina para explorar, não é? O Josué só estranhou o estado do homem, com as roupas tão sujas de terra e o rosto cheio de feridas...

Cecília e Marcelo se olharam boquiabertos. Cecília quase derrubou os papéis que segurava em suas mãos, de tanto que elas tremiam.

– Por acaso eu disse algo inoportuno? Perdoem-me qualquer inconveniência, mas é que...

– Não te preocupes, Lucinha – disse Cecília, disfarçando o nervosismo como pôde. – Precisamos ir agora. Nos falamos depois, está bem?

Mais tarde, quando estavam de novo no quarto da estalagem, Cecília andava aflita em círculos com a mão na testa. Marcelo a olhava, enquanto ele mesmo tentava conter o agito em seu corpo. Tomou cuidado para que suas palavras não se convertessem em mais gritos.

– Não é possível, as pessoas dessa vila devem estar de algum conluio conosco, essa é a única explicação!

– Não diga asneiras, Marcelo. Lucinha nunca se deu com o meu pai. Que Nossa Senhora nos proteja! Primeiro aquela bruxa, agora mais essa...

– Não temos como saber se era uma bruxa de fato, e sabes disso...

– Marcelo, meu coração não está em paz, sinto que precisamos tomar uma atitude diante desses acontecimentos, mas... parece-me loucura...

– O que queres fazer, querida?

Cecília respirou fundo e contou ao marido o pesadelo que teve naquela noite. Ele a ouviu com atenção.

– Não quero que minha mãe saiba dessa história, muito menos que tenha de voltar aqui. E é por isso que quero... quero voltar ao túmulo de meu pai. Quero ver se ele continua lá.

– Mas que ideia estúpida! Sabes que teu pai está morto, e nada o tirará daquele cemitério. Dentre todos os rituais religiosos, nenhum é tão poderoso quanto o fúnebre.

— Se é uma ideia estúpida, e se é certo que ele está lá, que mal há em irmos conferir? Sei que és um homem cético, mas, se virmos que não há nada de errado com o túmulo dele, será uma hipótese a menos, certo? Portanto, parece-me que não há nada de errado em verificarmos se está tudo em ordem no cemitério.

Foi com essa linha de raciocínio clara e direta que Cecília convenceu Marcelo a ajudá-la a fazer a sua vontade.

Como não tinham tempo a perder, pois precisavam ir embora de São Moreira em breve, conseguiram dois cavalos emprestados apenas no meio da tarde, de modo que o sol já estava quase se pondo quando o casal chegou à estrada, rumo ao túmulo do capitão Tomé Garcia. Antes de partirem, Marcelo foi às pressas até a estalagem e pegou uma bolsa com alguns utensílios que poderiam ser úteis ao casal.

Era uma estrada de terra que se tornava mais úmida à medida que a noite avançava. Ambos os lados do caminho eram constituídos de árvores altas cujos galhos se encontravam no topo, de modo a dificultar a passagem do sol.

— Espero que fiques satisfeita com essa ida ao cemitério e não tenhas mais ideias infelizes como essa, Cecília.

— Já te expliquei que não se trata de ser uma ideia infeliz ou não, Marcelo, tens que entender que...

Um rosnado interrompeu a conversa. O cavalo de Cecília empinou e correu em disparada, de modo que Marcelo precisou atiçar o seu próprio animal para acompanhá-lo. Por mais que ela tentasse pará-lo, ele não respeitava os seus comandos, seguindo adiante, correndo. Ouviu um tiro, o que tomou o seu coração de pânico. Lembrou-se de uma das primeiras conversas que teve com a mãe de Marcelo: falaram sobre como o pai do rapaz morrera numa floresta com uma bala perdida de outro caçador. Cecília ouviu as palavras de sua sogra sobre como seu coração nunca superou a perda e como ansiava ver os filhos de

Marcelo crescerem. Foi com esse pensamento de esperança que sacou uma chibata com a mão, deu um leve golpe na traseira do cavalo e puxou o freio com a outra. Ele, enfim, parou.

Ao voltar o caminho já trilhado, viu Marcelo sentado sobre as raízes de uma grande árvore. Seu cavalo sumira.

– Foi uma onça – ele se explicou enquanto tentava recuperar o fôlego. – Ela corria na nossa direção. Dei um tiro com um dos revólveres que está na bolsa. Não a acertei, mas ela ao menos se afastou. – Pôs a mão no peito. – O cavalo se assustou com o barulho, empinou e saiu em disparada, voltando para São Moreira.

Ao terminar seu relato, ele se levantou e tentou andar. Deu um grito de dor e mancou em direção à esposa. Cecília saiu de sua montaria e tentou ajudar o marido.

– Creio que não preciso de ajuda. O cemitério já está perto, e posso ir...

– Não acredito no que estou ouvindo. Suba em meu cavalo, teremos que ir juntos. Sabes que ainda há uma boa distância entre o lugar em que estamos e o cemitério!

– Como explicaremos ao dono do cavalo o sumiço dele?

– Diremos a verdade, oras. – Fez uma leve careta. – É um cavalo treinado e manso, creio que parará em algum ponto da estrada para comer mato. Se não o encontrarmos no retorno, teremos que pagar outro.

Como estavam num único cavalo, a velocidade diminuíra. A lua já brilhava no céu quando chegaram ao cemitério. As dores de Marcelo perderam a intensidade, mas ele ainda mancava ao descer.

O local já estava fechado quando chegaram. Marcelo sacudiu com raiva as correntes do portão. Tentou arrombar o cadeado com um galho grosso que encontrou ali perto, mas suas tentativas foram vãs. Após tentar pela quinta vez, chutou as paredes.

— Não adianta ficarmos nervosos. É melhor voltarmos em outro momento. Podemos ter problemas caso descubram que arrombaram o portão.

— Ah, mas eu não volto aqui de jeito nenhum! Se for para ver esse maldito túmulo, que seja esta noite mesmo. E eu não volto para este lugar tão cedo.

— Marcelo, não te esqueças de que nasci aqui! — bradou Cecília, pondo a mão direita na cintura. Olhou para o portão e resmungou.

Tiveram a ideia de pular os muros, com o auxílio das árvores próximas a eles. Amarraram o cavalo a elas, de modo que puderam utilizá-lo também para subir nos galhos mais altos. Como Marcelo mancava, ao ficar em cima do muro ele se agachou, fincou as mãos no topo e jogou as pernas para baixo. Permaneceu pendurado por alguns segundos, até se certificar de que seus pés estavam o mais próximo possível do chão. Ao pular, sentiu a perna manca dar um estalo, mas ela não parecia estar num estado muito diferente de antes.

Quando Cecília conseguiu se sentar no muro, pegou na bolsa um lampião e uma garrafa com gás e jogou-os para o marido. Marcelo usou-o para acender as chamas e ver a esposa com mais nitidez. Ela teve mais facilidade para pular, mas rasgou um pedaço de seu vestido durante o processo.

Não eram apenas suas roupas que estavam rasgadas. Cecília percebeu que ela e Marcelo estavam imundos; suas vestes haviam se convertido em trapos cheios de terra e folhas. Além disso, sentia suor escorrer de seu rosto. O rosto de seu marido também estava suado.

Não conversaram muito durante a caminhada até o túmulo. Marcelo precisou se apoiar em Cecília para andar. Por mais que a dor em sua perna não aumentasse, ela ainda o incomodava.

Cecília precisou conter um grito quando chegaram ao túmulo. Havia bem menos terra dentro do buraco do que o necessário para manter o corpo ali. Viram muita terra jogada ao redor da cova, mas ela estava espalhada sem qualquer tipo de padrão. Não parecia que o corpo de Tomé fora desenterrado.

– Inacreditável. É como se... o corpo do senhor Tomé tivesse saído sozinho – concluiu Marcelo, aos sussurros.

– Podes ver agora em que situação estamos, Marcelo?! – gritou Cecília. Dessa vez ela não se esforçou para impedir a chegada das lágrimas.

– Temos que voltar para Cuiabá, e rápido. Precisamos procurar alguém que possa nos ajudar a resolver essa questão, não sei, talvez...

– É evidente que não temos tempo para ir a Cuiabá! – retrucou Cecília. – Teremos que encontrar uma solução aqui mesmo. Escuta, sei que o padre de São Moreira nos atenderá independentemente da hora em que chegarmos à igreja. Ele era muito amigo de minha mãe e...

– Padres, bruxas, mortos que caminham. Desde que cheguei a esta cidade, sinto que estou preso num conto de terror gótico muito ruim.

– Se reclamar for a única coisa que sabes fazer, volta para a estalagem e deixa que resolvo tudo sozinha!

– Não vou permitir que andes por aí, pela noite; é claro que te acompanharei!

Ambos voltaram ao portão do cemitério sem trocar uma única palavra. Engoliram o orgulho quando precisaram ajudar um ao outro a pular o muro. Marcelo dava longos suspiros ao sentir a dor de sua perna lesionada. Cecília acariciou seu rosto e disse que em breve estariam livres. Precisavam alimentar bons sentimentos.

Ao se virarem em direção à estrada, Cecília descobriu que não tinha mais forças para manifestar o seu espanto.

O cavalo que usaram para chegar ao cemitério jazia morto no chão. Viram uma abertura na parte final de seu abdômen, da qual pendia, para fora, um pedaço de seu intestino. Era como se, antes de ser morto, o animal tivesse perdido muito peso em pouco tempo, pois era possível ver alguns de seus ossos marcando a pele, tamanha a magreza do bicho. Ao se aproximarem mais do corpo, viram que o pedaço de seu intestino agora visível a olho nu estava ressequido, sem qualquer vestígio de secreção ou sangue. O odor fétido de seu corpo vazio causou um embrulho no estômago.

– Vamos embora, Cecília! – Marcelo levou a mão à boca. – Por favor, vamos embora.

– Sim, sim. – O rosto da mulher estava pálido, e seus olhos pareciam perdidos, sem foco. – Talvez consigamos chegar a Cuiabá amanhã.

Devido à fadiga que sentiam, seus passos eram lentos. Além de seus gemidos, a noite também era preenchida pelo cantar de grilos e cigarras e pios de corujas. Marcelo tropeçou na raiz de uma árvore ao tentar andar mais rápido.

– Tens que me deixar aqui, Cecília. Busca ajuda em São Moreira, talvez a Gazeta de Cuiabá se interesse pelo caso e o publique em suas páginas...

Antes que ela pudesse responder, ouviram um rosnado vindo de cima de uma pedra próxima ao ponto onde estavam. Em cima dela, uma onça os encarava. Marcelo reuniu o pouco de forças que ainda restavam em seu corpo, sacou seu revólver e atirou no bicho. Errou. O animal olhou para o lado como se sentisse a presença de mais alguém. Acuado, baixou a cabeça, manifestando o seu medo, mas não conseguiu fugir. Algo pulou em cima dela e mordeu seu dorso, perto de sua pata dianteira. A onça tentou reagir, mas um tapa da coisa em sua cabeça fez com que ela caísse desmaiada no chão.

Cecília levou as mãos ao rosto em sinal de desespero. Marcelo olhava para os lados, transtornado. A visão daquele ser humanoide se alimentando da onça era perturbadora demais para o casal.

A coisa atirou o animal morto na direção dos dois. A onça estava num estado muito semelhante ao do cavalo: dura, pálida, esquálida. Ao iluminarem o caminho com o lampião, viram o seu rosto: era o próprio Tomé Garcia. A face branca como as nuvens, com algumas veias e lesões saltando. Os olhos não tinham brilho, e as pálpebras estavam caídas e inchadas. Uma parte de sua cabeça não continha cabelos, dando a impressão de que tinham sido arrancados. Suas mãos estavam sujas e as unhas apodrecidas. As roupas rasgadas marcavam algumas nuanças de seu corpo. E ele não falava, apenas grunhia e gemia sons incompreensíveis.

— Pai, o que foi que te fizeram? Por que estás nesse estado tão deplorável? — balbuciou Cecília.

— Não é mais teu pai que está aí, Cecília. Por favor, temos que fugir.

Viraram-se para correr e ouviram o barulho de Tomé pulando no chão. Cecília virou o rosto para vê-lo e notou que parte de sua perna direita fora torcida pela queda, mas seu pai não pareceu abatido pelo ocorrido. Ele próprio retorceu o membro, colocando-o no seu devido lugar.

Marcelo puxou-a para que a seguisse. Seu plano era fazer zigue-zagues pela floresta para despistar o defunto ressurreto. Mas a sua perna machucada chegara ao limite, de modo que precisou parar no meio do caminho.

— Cecília, preciso que sigas. Não tenho mais como te acompanhar, tentarei ao menos ganhar tempo para ti.

— Não, Marcelo, não, não, não... — ela chorava.

— Não temos chance juntos, talvez tenhamos separados. Tens que seguir em frente e ser forte. Aqui — ele ofereceu o revólver –, tenho outro em minha bolsa. Use-o apenas se ele chegar muito perto, assim não há como errar o alvo.

— Mas, Marcelo, como vais encontrar...

— Não te esqueças de um único fato. Eu te amo, amo-te como jamais amei alguém em todos os meus dias. E é por amar-te dessa forma que sei que precisamos tomar rumos diferentes, ao menos por enquanto. Vá, Cecília. VÁ!

Ela saiu correndo sem olhar para trás. Lembrou-se do casamento em Cuiabá, o tio a levando ao altar e os poucos familiares que residiam na capital admirando-a na igreja. Balançou a cabeça com raiva, não estava num momento para pensar no passado.

Ao chegar a um ponto em que duas árvores se entrelaçavam, formando uma espécie de arco, Cecília ouviu o grito de seu marido vindo das entranhas da mata. Tapou boca e nariz com as mãos. Seus olhos piscavam com mais frequência do que gostaria – o cansaço e o sono tomavam conta de seu corpo.

Adentrou o arco e seguiu o trajeto que se formava diante dela. Ao ver um vulto no final do caminho, afastou um arbusto e saiu da trilha a passos largos. Afundou o pé esquerdo numa poça de lama e não conseguia tirá-lo de dentro dela. Arrancou o pé com tanto ímpeto, que caiu no chão.

Cecília viu seu pai diante de si mais uma vez. Tateou o chão em busca do revólver e o encontrou. O primeiro disparo acertou o braço de Tomé; o segundo, o lado direito de seu peito. Ainda que ele gritasse de dor, conseguiu arrancar as balas de dentro do corpo moribundo com as mãos e jogá-las na direção de Cecília. Deu mais um tiro, que passou de raspão pela cabeça do falecido, agora capaz de andar. Mesmo tendo perdido uma parte da orelha direita, continuou vindo em direção à filha como se tiro nenhum o tivesse atingido.

Cecília não sabia verificar quantas balas ainda sobravam no revólver, portanto decidiu não se arriscar. As palavras da bruxa – porque naquele momento não restavam dúvidas de sua bruxaria – ecoavam em sua cabeça. A carne podre estava ali, diante dela, os reinos da luz e das sombras a rejeitaram com igual desprezo, e sua prole carregaria a desgraça nas veias. A desgraça lhe acontecera aquela noite, quando perdeu o homem com quem queria ter filhos e construir uma história. Pensou na sogra e na promessa que lhe fizera de lhe dar netos. Sua promessa agora era vazia, pois seu marido já não estava mais nesse plano e, por um instante, sentiu saudades de momentos que nunca aconteceriam. E ela sabia disso.

A filha de Tomé Garcia não queria seguir adiante, sabendo dos fardos que a acompanhariam dali para frente. Cecília via o rosto de seu pai com nitidez quando pôs o revólver em sua própria boca. Sentiu-o tocar a cicatriz que tinha próxima aos lábios, causada pelo mesmo ser que estava ali diante dela. Disparou.

Ela e o marido se reencontrariam muito antes do que ela imaginara.

DUAS VEZES FUGITIVA

Mesmo estando junto aos amigos, na carruagem, cercada de risos e conversas animadas, a mente de Catarina estava longe. Não conseguia deixar de pensar na reação dos pais ao descobrirem que a filha fugiu de casa. A moça pretendia voltar no dia seguinte, mas estava preparada de antemão para os sermões intermináveis que ouviria. O pai questionaria como ela pôde faltar à histórica festa de comemoração aos cem anos de independência do Brasil, organizada pelo Grande Clube da Cidade de Belém. A mãe, por sua vez, tentaria convencê-la de que seu noivo, Heitor, estava muito desapontado por sua ausência na apresentação de violino que ele ensaiara por semanas incontáveis. Seria uma perda de tempo, óbvio: se dependesse apenas do desejo de Catarina, Heitor não seria sequer seu vizinho de rua; quanto mais marido.

— Não sei por que estás tão angustiada, Catarina — disse Filipa, lendo seus pensamentos. — Já está tudo combinado, não há o que dar errado. Dirás que te chamei para me ajudar com as lições de piano, já que não sou tão habilidosa quanto tu. Eu estava desesperada, sem saber quais notas tocar numa canção nova que estamos estudando, e apenas a minha amiga querida conseguiria me acalmar. — Deu um sorrisinho irônico.

— Mas e se alguém disser que não me viu em tua casa ou que...

— Quem diria isso? Meus pais também estão no Grande Clube. Quanto aos criados, não te preocupes. Paguei o silêncio deles. Ninguém do Batista Campos desconfiará de nada.

Filipa sorriu mais uma vez, tranquilizando-a. Custódio também tentou acalmá-la. A partir de então, Catarina tentou pensar apenas na outra festa a que estavam para ir.

Anoitecia quando a carruagem parou na Praça da República para buscar Duarte, conforme o combinado. Como sempre, o rapaz entrou rindo e cumprimentando todos. Tirou da própria bolsa uma garrafa de vinho de açaí e uns copos velhos para tomarem. Brindaram à descoberta que fariam: a Belém que estavam por conhecer.

Conversaram sobre uma discussão que Duarte travara com o professor da Escola de Música em que estudavam e se conheceram. Na ocasião, o homem comentou as diferenças entre instrumentos eruditos e populares e como eles pertenciam a diferentes camadas sociais e estavam destinados a pertencerem àqueles espaços desde sempre. Duarte respondeu que aquele pensamento jamais poderia ser incentivado em pleno século XX: os automóveis movidos a motores já haviam chegado ao Brasil, e lera num jornal sobre um grupo de artistas em São Paulo que apresentou, ainda no começo do ano, uma série de produções artísticas que chocara a sociedade por sua inventividade e originalidade, mas cuja inteligência ninguém era capaz de negar. A modernidade batia às nossas portas. Rindo, apontou o dedo para o professor e disse que ele seria considerado *ultrapassado* e *antiquado* em poucos anos. O docente, em meio a bravatas, ordenou que ele se calasse.

Filipa e Custódio se beijaram, deixando Catarina e Duarte constrangidos. Por mais que eles apreciassem a companhia um do outro, sabiam que o sentimento ali presente não era nada além de amizade.

A carruagem chegou à Academia Boemista, salão popular onde ocorria a festa na qual estavam prestes a entrar. Catarina observou o entorno do local. O bairro de Santa Bárbara, com suas casas de madeira simples e pouco ornamentadas, contrastava de modo surpreendente com o bairro em que morava. Contemplou também o porto, cheio de barcos modestos que os pescadores locais usavam. Era como se não estivessem sequer na mesma cidade.

Os vestidos de franja feitos de seda que Catarina e Filipa usavam eram suficientes para fazer qualquer morador da região perceber que eles não eram dali. Mulheres entravam no salão com roupas menos enfeitadas, e era possível ver de longe o quão descorados estavam os ternos dos outros homens. Mas ainda que olhassem para o quarteto com certo estranhamento, ninguém demonstrava se importar com essas diferenças. Era comum receberem visitantes de bairros mais abastados – especialmente jovens curiosos e entediados com as vidas que levavam.

Cada um levou o dinheiro para pagar a sua própria entrada, mas foi Duarte quem trocou as notas por bilhetes. Catarina observou dois homens embriagados sentados na calçada e notou o cheiro desagradável que exalavam. Rezou para que o odor não impregnasse sua roupa.

Sentaram-se numa mesa e observaram as pessoas dançando. A música, entoada com violas e tambores, era mais alta do que as dos eventos que estavam acostumados a frequentar, e as pessoas pareciam mais empolgadas e alegres. Ninguém parecia estar ali para cumprir uma obrigação social.

Filipa e Custódio se levantaram para dançar. Os passos não eram difíceis de aprender quando se observavam os melhores dançarinos: aqueles que recebiam mais olhares de admiração do restante do salão. Duarte perguntou à Catarina se ela gostaria de dançar *como amigos* – ele soube frisá-lo –, e ela recusou o convite, com gentileza, sem estender a mão. O colega perguntou então se ela se importaria em ficar sozinha na mesa, pois ele pretendia arrumar outro par. A jovem o deixou ir.

Catarina observou o seu entorno e viu rodas de amigos apenas conversando. Então percebeu, aliviada, que não pareceria muito deslocada em relação aos demais se não dançasse. Recebeu um copo com uma aguardente mais simples que era consumida pelos frequentadores do lugar. Bastou um único gole para ela repousar o copo na mesa e não o levantar mais.

Refletiu sobre o que ela, em específico, fazia no salão. Filipa e o noivo se divertiam e já arrancavam aplausos de alguns pelos passos de dança que agora dominavam. Duarte flertava com uma moça próxima ao balcão da Academia, mas Catarina não sabia dizer se ele obteria algum êxito em suas tentativas.

– Às vezes, observar é o melhor divertimento que se tem numa noite, não é mesmo?

Catarina virou o rosto para observar o homem que a abordara. Usava terno e sapatos brancos e uma gravata vermelha. Havia uma pinta grossa perto do nariz que chamou a atenção dela. Sua pele era marcada pelo sol; pequenas sardas pontuavam o nariz e a parte superior das bochechas. O chapéu pontudo era enfeitado por uma fita também vermelha, combinando.

— Sim, concordo — ela se limitou a dizer.

— Qual é a sua graça? — o homem perguntou, sorrindo. Catarina notou que ele não devia ser muitos anos mais velho do que ela. Talvez uns 25, 26, no máximo.

— Ca... Catarina. — Por que ela lhe respondeu tão rápido? Não era de seu feitio dar abertura a outros rapazes em situações como aquela.

— Prazer, eu sou o Leo.

— Perdoe-me a grosseria, Leo, mas sou comprometida. Não posso ser malfalada.

— Onde está o seu noivo? Tenho certeza de que não se importa tanto assim com o que dizem, já que não está aqui contigo.

— Ele não sabe que vim... — Catarina não entendia por que revelou aquilo a um homem que não conhecia. Se fosse um dos funcionários da fábrica de algodão de seu pai, estaria perdida. Eles eram leais ao senhor Gilberto e não deixariam de lhe passar uma informação daquelas. Mas havia algo naquele homem que a desarmava sem dificuldades. Seu sorriso, seu perfume. Catarina tentava definir, sem sucesso.

— Ah, se vieste sem comunicar nada ao teu amado é porque não te importas tanto com o que falam nem com o que ele pensará de tua vinda aqui... ou estou enganado? — Numa situação normal, Catarina bufaria de raiva pela constatação óbvia. Ali, diante do moço mais bonito do salão, contentou-se em suspirar:

— É o que acontece quando não nos casamos por amor. Meu pai me vê como um item a se barganhar! Vive repetindo que os negócios vêm em primeiro lugar. Se temos uma fábrica de algodão e o pai de Heitor uma de madeira, seremos a aliança mais poderosa de Belém. Todos se curvarão às nossas vontades. Qual é a dificuldade dele em entender que não estou interessada nisso?

– Entendo. A vida é muito mais do que esses pormenores. Ela deve ser cheia de significado e histórias que nos façam sorrir quando, ao estarmos mais velhos, lembrarmo-nos delas. É o que penso, pelo menos.

Catarina se lembrou de ter dito algo semelhante à Filipa um dia, na escola de música:

– É, costumamos repetir isso muitas vezes na Escola de Música Clássica de Belém. – Era a sua chance de descobrir mais informações sobre ele e, quem sabe, até desmascarar suas intenções.

– Nunca frequentei escola de música nenhuma. Pobre de mim, sou um humilde pescador, tentando conquistar uma bela moça que jamais se aproximaria de minha figura se eu não a interpelasse. – Seus olhos estavam tristes. Talvez Catarina estivesse errada ao desconfiar tanto dele.

– Ora, saibas que não sou nenhuma dondoca fútil. Sei que cada pessoa tem o seu valor. – Foi a primeira vez que sorriu para Leo.

– Posso te mostrar o meu valor hoje mesmo. Dança comigo? – Estendeu-lhe a mão.

Catarina correspondeu ao gesto.

Leo soube como conduzi-la ao longo de toda a música. Girava-a pelas mãos com o braço levantado, passava os dedos em seus braços com delicadeza e a abraçava em momentos inusitados. Ela já não conseguia distinguir as palavras cantadas na música ao fundo. Toda a atenção de seu corpo era destinada àquele homem. Catarina inspirou fundo ao sentir que seus rostos estavam quase colados. Era o medo. Um de seus amigos poderia estar observando-os.

Olhou para os lados e viu Filipa boquiaberta. Custódio olhava a cena com reprovação, mas a namorada lhe deu um tapinha no braço. Aquele momento não lhes dizia respeito, e ela sabia disso.

– Creio que esse salão não nos interessa mais. O que achas de um passeio na praia?

Catarina não respondeu. Seguiu-o pelo salão, rumo a uma saída diferente da principal.

Seus passos apressados os levaram para uma viela que desembocava no porto. Ao chegarem à areia, Catarina olhou mais uma vez para as casinhas que compunham Santa Bárbara e se perguntou em qual delas Leo moraria. Notou fumaça saindo de uma chaminé e ouviu o mio de um gato. A Baía do Guajará nunca lhe pareceu um lugar tão... audaz.

– Leo, eu não posso, meus pais e o Heitor também...

– Tente não pensar, querida. A noite está tão linda. Veja o tamanho dessa lua, como está incrível.

– Leo... quero-te pra mim. Beija-me, beija-me!

Ele a deitou na areia para em seguida se ajoelhar. Desabotoou o vestido com gentileza, abrindo-o em seguida. Beijou-a com ímpeto. Catarina sentiu seus lábios e língua serem tomados pela força de Leo. O jovem baixou rumo ao seu pescoço, o qual também molhou com beijos. Catarina gemia baixo. Ele abriu suas roupas de baixo por completo, deixando seus seios e sexo expostos. Ela acariciou seus braços enquanto Leo tirava o paletó e a camisa. Nu da cintura para cima, Catarina pôde apreciá-lo com atenção. Os braços fortes, os músculos de seu peito e tórax; ele não precisava dizer mais nada, mesmo sendo tão bom com palavras. Ele a beijou na barriga, provocando mais gemidos leves, quase suspiros. Desabotoou a calça e a tirou junto com os calções de baixo e sapatos. Ela acariciou suas pernas, sentindo arrepios devido ao contato com seus pelos. Leo levou seu membro viril para dentro de Catarina. Ao senti-lo, deu o gemido mais alto daquela noite. Os movimentos de Leo se iniciaram, enquanto a acariciava e beijava. Catarina notou que ele não tirara o chapéu até então. Tentou arrancá-lo da cabeça, mas ele a impediu. Ela não se importou mais. Entregou-se. Suas mãos acariciavam suas costas largas enquanto o frenesi aumentava. Os gemidos de Leo tornaram-se mais ofegantes, premeditando o que estava por vir. Veio à mente de Catarina a imagem de um rio rompendo barragens para seguir o seu caminho natural.

Lembrou-se de ter dormido com a cabeça repousando no peito daquele desconhecido. Para Catarina, o amanhecer não precisaria vir à tona nunca mais. Seria feliz se a noite fosse a eterna dona do mundo, assim poderia esquecer Heitor e passar o resto de seus dias ali, ao lado de Leo.

Acordou de madrugada, sozinha na praia. Sentiu-se aliviada ao ver que as roupas estavam por perto. Vestiu-as o mais rápido que conseguiu.

Seu quarto se transformou numa prisão silenciosa.

Deitada na cama, em meio à febre e o final da gravidez, Catarina não tinha forças para pensar em outra coisa além dos acontecimentos subsequentes àquela noite. Os gritos de seu pai, o choro inacabável da mãe, o rompimento do noivado – não que ela se incomodasse com este último, a forma como aconteceu é que a chocou. Os pais de Heitor desfizeram o compromisso, e ele, romântico e choroso, tentou fazer uma serenata para ela em sua janela. Foi a própria Catarina que o expulsou, jogando um vaso de flores no rapaz.

Não queria comprometer os amigos por um ato que era apenas dela. Para a surpresa de Filipa e Custódio, alegou que fora sozinha à Academia Boemista e que o casal estudara piano a noite inteira na casa de Filipa. A amiga precisou explicar para os próprios pais como foi capaz de passar uma noite sozinha com o pretendente, mas Catarina não podia salvar o mundo para todos. Problemas demais já repousavam em seu colo.

O pai mandou trancá-la no quarto. Visitas eram proibidas. Seu Gilberto vociferou em todos os cantos da casa que encontraria o homem que desonrou a filha e a família onde quer que ele estivesse. Mandaria procurá-lo em cada rua, em cada casa escondida nas entranhas de Santa Bárbara. Catarina o descreveu como bem se lembrava. A princípio, recusou-se a fazê-lo, mas o pai a chantageou: era isso ou ser expulsa de casa. Aceitou, pelo filho. Contudo, os esforços do pai foram em vão, pois ninguém conseguia dar a menor informação que fosse sobre o paradeiro de Leo.

E havia a gravidez. Sua mãe e até as criadas da casa comentavam que, mesmo nas gestações mais complicadas que acompanharam de perto, nunca viram uma mulher sofrer daquela forma. Os enjoos, além de constantes, tinham uma força tal que Catarina passava horas sem conseguir se levantar da poltrona. Quando não havia visitas ou convidados importantes na mansão, Catarina era autorizada pelo pai a estar nos demais cômodos. Andava sempre com um balde junto de si, pois os vômitos eram certos. Seu corpo se tranquilizava um pouco nos momentos em que tomava sol no quintal dos fundos – e, ainda assim, por breves minutos. Gilberto temia que alguém a visse e soubesse do escândalo que se abatera sobre a família.

À medida que o bebê começou a se mexer, Catarina saía da cama com menos frequência ainda. Seus movimentos eram violentos, e ela sempre tinha espasmos quando eles se prolongavam. A moça sentia fortes pontadas por dentro. Rute, sua mãe, comentou que aquele momento era sempre emocionante na vida de uma mulher, mas lamentava que a própria filha o sentisse de forma tão violenta. Pediu ao marido que chamassem um médico, mas ele se recusou. Dizia que, quanto menos pessoas soubessem da filha messalina que tinham, melhor.

O apetite de Catarina tornou-se peculiar para os padrões da família: pedia por peixes e crustáceos, em especial caranguejos, siris e lagostas. O pai ordenou que ninguém o satisfizesse. A filha deveria agradecer por ter um teto sobre sua cabeça, e isso lhe bastava. Mas ela insistia e implorava, chorando pelo alimento. Rute, às escondidas, ordenava que os cozinheiros fizessem o prato e os empregados limpassem a casa com mais afinco nesses dias, para que o perfume da limpeza disfarçasse o cheiro causado pelos frutos do mar. Afirmou que se responsabilizaria por esconder de Gilberto que saciava o desejo da filha, mas tal manobra mostrou-se desnecessária: a filha, faminta, devorava bacias inteiras. Era admirável como o bebê se acalmava após essas refeições.

Numa noite, Catarina ouviu passos se aproximando da porta de seu quarto. O barulho deles ecoava em seus ouvidos. Era o som mais alto que escutara em muitos dias.

A porta se abriu. Era Ângela, governanta da casa. Usava um vestido preto de manga comprida que descia até um pouco além dos joelhos. Uma gola grossa cobria o pescoço da serviçal.

– As criadas lavaram tuas camisolas, senhorita Catarina. Poderás usá-las amanhã.

– Obrigada – murmurou. Estava febril. Não se lembrava da última vez em que não sentira tamanha quentura em seu corpo.

Ângela se aproximou e verificou a temperatura de Catarina com as costas da mão. Deu um pulo para trás, espantada.

– Pobrezinha! Como está mal! Eu... ah... eu... – gaguejou, agoniada. – Ah, senhorita Catarina. Não sei como teus pais não permitem que um médico te veja. É nítido que não estás bem. Essa gravidez... não entendo muito de saúde, mas sei que não se trata de uma gravidez normal. Qualquer um percebe.

Catarina ouvira aquilo de muitos empregados durante todos aqueles meses, além de sua mãe. Uma tia chegou a visitá-los e usou a palavra *deplorável* ao ver o estado em que ela estava. Gilberto expulsou a cunhada com gritos e ordenou que não viesse mais importuná-los.

– Perdão... não quero incomodá-la. – Catarina lembrou-se de todas as vezes em que Ângela a ajudou. Quando criança, perdeu um par de brincos caros que ganhou num Natal, e foi a governanta que a ajudou a encontrá-los, evitando a fúria do pai. Também foi ela que convenceu a mãe a deixá-la ir de bondinho para a Escola de Música. Ruth foi a encarregada do trabalho de convencer Gilberto, a missão mais difícil para se conquistar esse objetivo. Mas o pontapé inicial fora de Ângela.

– Querida, sabes que não me incomoda – olhou para o teto, como se tivesse uma ideia. – Sabes muito bem qual é o incômodo que paira em meu coração desde que voltaste de Santa Bárbara. Nunca falas nada do pai dessa criança; até para Gilberto demoraste a descrever o tal homem. Leo. É esse o nome dele, não é?

Catarina confirmou com a cabeça.

– Por favor, eu te peço. Conte-me essa história direito. Tenho certeza de que algum detalhe ficou para trás quando conversaste com teu pai.

– Um copo de chá, por favor – Catarina pediu. Ângela a olhou, surpresa com a resposta recebida –, e te conto. Mas prometa-me: não importa o que te peçam, não contarás a ninguém o que ouvirás aqui.

– Prometo – a governa respondeu, assertiva.

Ângela ofereceu a bebida numa xícara grande. Catarina sentiu o bebê se contrair, talvez não gostasse de chá.

A moça sabia que precisava contar a alguém a sua história. O peso daquele segredo doía em suas costas. Pausou em alguns instantes para tomar fôlego e seguiu com suas memórias. Ao relatar com calma tudo o que se passou, percebeu que talvez Leo não fosse tão encantador quanto imaginou naquela noite, mas isso não tinha mais importância. O passado não pode ser mudado nem mesmo quando nos lembramos dele.

Ângela a encarou atônita. Foi para perto da janela. Alternava entre olhar para o teto e para fora. Seus olhos permaneciam arregalados.

– Senhorita Catarina, ah... – ela repetia sem parar – escute. Sou neta de pescadores. Cresci ouvindo muitas histórias na beira dos rios e portos. Só que nunca imaginei que fosse presenciar uma situação dessas. Foste... seduzida pelos botos encantados. Sim, eu me lembro bem de ouvir minha mãe e tias falarem deles.

– Ãhn? Explica melhor, Ângela, que maluquice é essa?

– Bom, é uma escolha tua crer em mim ou não. – Quando Ângela falava dessa forma, Catarina sabia que não faltava com a verdade. – Esses seres das águas doces seduzem as mulheres em festas e bailes. É... muito mais sério do que eu imaginava. Tenho que falar com a tua mãe. Esse bebê vai nascer e precisamos de uma parteira. Temo pela tua vida.

Catarina emudeceu diante dessa última frase. Não tinha mais forças em seu corpo, seria natural se a vida se esvaísse dele.

– Falarei com a senhora Ruth. Eu te fiz uma promessa e agora peço que faças uma também. Não contarás a mais ninguém essa história, nem mesmo que te perguntei sobre ela. Estamos acordadas?

– Sim... – sussurrou.

Nas últimas semanas de gestação, Catarina passava mais horas dormindo do que acordada. Um dia, Ruth a acordou com um beijo gentil na testa.

– Minha filha. Minha amada filha. Convenci teu pai a chamar uma parteira. Ela se chama Everalda. A coitada foi ameaçada várias vezes para que não contasse a ninguém de tua gravidez; Gilberto ainda está com essas ideias de honra na cabeça. Já sei de onde tu puxaste a teimosia! – comentou, brincando.

Catarina sorriu.

Everalda se instalou na casa. Estava na cozinha dos fundos com os demais criados, jantando, quando a bolsa de Catarina estourou. A parteira correu para acudi-la. Ângela e outra empregada acompanharam o parto, ajudando em tudo o que fosse preciso. Catarina não aguentava mais fazer força ou ouvir pedidos para que o fizesse. Sentia seus gritos arranhando a própria garganta. No momento em que Everalda disse que o bebê estava para sair, Ângela ordenou que a outra criada fosse buscar mais panos. Ela respondeu que já havia muitos no quarto. A governanta deu a ordem pela segunda vez, com um tom de voz mais enfático. A empregada a obedeceu, saindo do aposento.

Os primeiros choros vieram seguidos de um desmaio súbito de Catarina.

Durante alguns dias, oscilava entre o sono e breves momentos acordada, sempre febril e num torpor que a impedia de se levantar ou raciocinar com clareza. Seu sono era cheio de sobressaltos, e sentia arrepios após rápidos despertares.

Lembrou-se de ouvir a parteira chorar, repetindo continuamente que não fora culpa sua. O pai queria se desfazer da criança, mas Ruth interferiu em seus planos. Até Ângela se atreveu a palpitar e afirmou que tirá-lo de dentro da casa poderia trazer ainda mais burburinhos desnecessários. Agora foi a vez de a mãe de Catarina chantagear: ou um médico visitaria a filha e neto, ou ela se mudaria para a casa da irmã. Gilberto não aceitaria esse desenlace. Mesmo em menor medida, homens separados também eram malfalados.

Quando estava consciente, Ângela a ajudava a tirar o leite do peito para amamentar a criança. Como Catarina ainda estava frágil, disseram que seria melhor se o filho não se alimentasse nela diretamente.

Ruth encontrou um médico amigo de sua família. Era de São Paulo e pretendia passar uns dias em Belém. Ser de fora facilitaria a sua contratação. Tinha poucos contatos no Pará, uma boa evidência de que, ao menos na região, não espalharia o que visse na casa.

Catarina enfim conseguiu se levantar.

O berço de seu filho estava no quarto. Olhando de longe, percebeu que o bebê permanecia mergulhado numa bacia. Aproximou-se para encará-lo. Deu um pulo para trás, com um grito que sufocou. Ela sabia que precisava vê-lo, conhecê-lo. Passou as mãos no rosto e deu novos passos em direção ao berço. Estava arfante.

O rosto da criança era alongado e fino, com a boca e nariz parecidos com um bico. Os braços eram menores do que os de um bebê normal e as mãos lembravam nadadeiras, embora tivessem pequenos dedos nas pontas. Não tinha pés. Suas pernas terminavam em duas caudas que permaneciam em repouso na bacia. Seu tronco – peito e barriga – era semelhante ao de um humano comum, exceto pela enorme mancha branca que o ocupava. Apesar de não fazer barulho, Catarina notou que, de perto, sua respiração era pesada.

Ao vê-la, o bebê pareceu sorrir. Com as mãos tremendo, Catarina estendeu a mão para acariciá-lo. Sua pele era macia e lisa. Após o toque da mãe, o corpo mudou. Suas duas caudas viraram pés humanos para depois voltarem ao estágio inicial.

A porta do quarto se abriu com um movimento tão brusco que a bateu na parede. Ângela estava acompanhada de um homem que Catarina desconhecia.

Ele era alto, magro e vestia um paletó branco brilhante por baixo do terno de viagem. A pele alva realçava os olhos verdes, cujas pupilas dilatadas a encaravam. Os cabelos brancos estavam sujos e mal cortados, espetados para cima, como se não vissem um pente há muito tempo. Os lábios finos eram molhados pela língua para evitar que se secassem. Suas unhas, apesar de curtas, tinham uma coloração esbranquiçada que fizera Catarina se perguntar como ele obtivera tal efeito.

— Senhorita Catarina, este é do doutor Acácio Moraes. Veio conhecê-la e ver a criança.

A governanta entrou no quarto. Ao ver que o homem permanecera na porta, pediu que entrasse, chamando-o com as mãos.

Acácio sorriu de ponta a ponta quando encarou o bebê no berço. Olhou para Catarina como se procurasse as palavras certas para abordá-la.

— Esse garoto robusto — ele fizera um bico ao pronunciar as duas últimas sílabas dessa palavra — tem nome?

— Não — Catarina respondeu.

— Quando o mergulhamos nessa água ele parou de chorar tanto — Ângela entrou na conversa. — Mas até que o bebê não dá trabalho. Precisamos trocar a água várias vezes ao dia, pois ele defeca e urina com frequência. Nós o alimentamos e limpamos da melhor forma possível. Ele é quieto e não oferece resistência quando o tocamos.

— Imagino que tiveram medo quando o viram. Como foi tocá-lo pela primeira vez?

— Fui a primeira, aqui, nesta casa — a governanta pareceu se animar com a conversa. — Ao perceberem que ele não faria nada de mais, os outros empregados passaram a ajudar. Até a senhora Ruth já o acariciou.

Catarina virou o rosto de leve, surpreendida pela informação.

— Interessante — disse o médico, erguendo as mãos e batendo os dedos uns nos outros. — Muito interessante.

Acácio ergueu a maleta que levava consigo e a colocou numa mesa. Abriu-a e retirou uma garrafa com um líquido branco e um pano molhado.

Despejou um pouco do líquido no berço. O bebê olhou para os lados, sem parecer se incomodar.

— O que estás fazendo? — perguntou Catarina. Não gostou do modo invasivo como o médico agira.

— Senhorita Catarina — ele a fitou com outro largo sorriso no rosto —, peço que sejas compreensiva. Sei que te preocupas com a saúde de teu menino, mas sabes que não se trata de uma criança, hmmm, como posso dizer? *Típica*. — Seu tom de voz era professoral e dava a entender que ela não tinha noção do fato. — Precisamos coletar o maior número possível de informações sobre o bebê.

— Não vieste aqui para isso... — ela começou.

— Imagino que tenha sofrido muito no parto, não posso nem imaginar a energia que gastaste. — Sua fala tornou-se pausada e fria. — Creio que o sono lhe fará bem.

Ao dizê-lo, pegou o pano e o levou à boca e ao nariz de Catarina, antes que ela pudesse falar ou reagir de qualquer forma à resposta. Ângela não soube o que fazer. Catarina jazia inconsciente no chão.

Acordou na própria cama.

Não havia quaisquer amarras em seus pulsos e tornozelos, mas ela não conseguia mexê-los. Apenas pescoço e cabeça se moviam com tranquilidade, no entanto não conseguia falar. Olhou para o resto do quarto. O bebê continuava no berço, mas havia um cabideiro de madeira próximo a ele, com uma bolsa transparente cheia do líquido branco pendurada nele. O objeto também continha um tubo que ligava a bolsa ao bebê. Catarina não conseguiu manifestar o seu espanto. Uma paralisia a assolava.

O médico entrou no quarto. Seu jaleco, antes impecável, estava sujo de vermelho.

— Ah, enfim acordou, docinho — ele a cumprimentou com um sorriso irônico. — Sei que me escutas bem, que enxergas com clareza, mas ninguém precisa saber disso, é claro. Nem a tua mãe, aquela enxerida, tem conhecimento disso. Não podia tolerar tantas perguntas durante o meu trabalho. Convenci teu pai a mandá-la passar uns dias na casa da irmã dela. Sei ser muito persuasivo quando me é conveniente.

Catarina chocou-se com a informação recebida. Sem a mãe em casa, conseguiria pedir ajuda a outrem?

Acácio andou até o berço e apertou de leve a bolsa pendurada. O bebê deu um gemido fraco.

— Não me leves a mal, querida. Fiz alguns exames em ti e vejo que tua saúde já se recuperou após a gravidez conturbada que enfrentaste. Tu estás bem saudável, para falar a verdade. — Seu tom de voz indicava que estava falando sobre a cor do tapete ou outro assunto tão banal quanto. — A propósito, sou eternamente grato pelo presente que me deu. Serei lembrado como o homem a registrar essa espécie magnífica!

"Pare de falar do meu filho como se ele fosse um bicho, desgraçado!", Catarina gritava em sua mente.

Acácio tirou o tubo da criança e a pegou no colo. Sentou-se com ela na cama, próximo à mãe. O bebê estava agitado e olhava para os lados sem parar. Sua pele estava mais corada do que antes.

— Ficarei com ele, como deves supor. Aqui em Belém será impossível pesquisá-lo como se deve. O Hospital Ladeira Lopes, onde trabalho, tem uma ala inteira dedicada a seres fascinantes como este. Teu pai não se oporá, e é o que importa. Creio que São Paulo seja distante o bastante para ele.

Os olhos de Catarina seriam capazes de expressar o que ela sentia? Afastou a cabeça dele o máximo que conseguiu, o que deveria ser nada além de milímetros...

"Faça o que quiser comigo, mas deixe a criança em paz, eu te imploro..."

– Talvez se questione sobre o que será de você, depois. – Seu tom de voz voltou a ser frio como antes. – Há uma injeção em meus pertences que fará o que preciso. Morte? Não é necessário, tampouco aprecio o assassinato. Mas ela te deixará insana o bastante para que ninguém acredite em tuas palavras. Mas, por ora, não. Preciso de ti viva e bem. Dentre outras questões, ainda não sei se a criança sobreviverá com um leite materno diferente do teu. Mantê-la paralisada por enquanto parece-me o mais sensato a fazer.

Ficou de pé e levou o filho de Catarina de volta ao berço.

Em sua mente, a jovem agarrava o lençol nos dedos com força e gritava enquanto se levantava e corria. Na situação em que estava, contudo, nada fez.

Era estranho ficar acordada durante horas, após passar dias incontáveis dormindo. Mas o que a incomodava de fato era ver o que Acácio fazia com seu filho. Um dia, repousou o bebê na escrivaninha e, com uma faca, tirou parte de sua pele da cabeça e a manteve em cima de uma tala. Fez um curativo no local enquanto a criança chorava. Em seguida, colocou-a no berço e fatiou a pele retirada em pequenos pedaços. Despejou cada um deles em frascos com diferentes líquidos. O pedaço maior foi guardado num recipiente vazio.

Outro dia, mais uma vez Catarina acordou com o choro do filho. O médico retirou a água da bacia. Catarina sentia as sílabas se esforçando para saírem de suas pregas vocais, sem sucesso. A água era fundamental para ele, Ângela o alertou. Mas era preciso saber como o bebê reagiria a esse cenário. Com a mamadeira, deu-lhe leite. Suas caudas se transformaram em pés humanos, mas os tornozelos se colaram um ao outro em seguida. Ele se virava para a mãe, buscando ajuda com os olhos.

O médico dava o comprimido a Catarina todos os dias. Era o que a mantinha presa a ele.

Numa manhã, Ângela entrou no quarto junto de Acácio.

– Sei que preferes ficar sozinho no quarto, doutor, mas preciso limpar esse lugar de vez em quando. – A governanta tirava as cortinas da janela. A claridade fez Catarina fechar os olhos. – Céus, não percebes o cheiro de mofo e suor? Como uma mulher doente e um bebê, por mais diferente que seja, podem ficar num ambiente assim?

– O médico sou eu – Acácio respondeu sem pestanejar. – E, já que insistiu tanto em vir, ajude-me. Dê o comprimido à moça. Ela não pode ficar sem os remédios.

Irritada, Ângela pegou o remédio em cima da escrivaninha junto com um copo d'água e se sentou na cama para dá-lo a Catarina. A jovem afastou o rosto o máximo que conseguiu, fechava os olhos e comprimia os lábios. Sussurrou um não mudo. Ângela a encarou, hesitante. Seu rosto era uma incógnita. Teria entendido o sinal?

Olhou para o médico. Acácio estava de costas para as duas, examinando o bebê. Ângela perguntou, num tom de voz mais alto do que o usual, se poderia lavar alguns de seus jalecos também. Enquanto o médico respondia que sim, conforme as ordens de Gilberto, a governanta enfiava o comprimido nas fronhas do travesseiro de Catarina. Serviu-lhe a água.

A noite, a jovem sentia os braços e pernas querendo se mexer na cama, mas conteve-se. Ângela entrou no quarto e a encarou por alguns segundos. Pediu, num diálogo rápido e incisivo:

– Senhorita Catarina, tenta disfarçar ao máximo que estás melhorando. Tentarei vir ao quarto mais vezes para fingir que te darei o remédio – sussurrou. – Não posso vir sozinha com frequência. Aquele médico jamais poderá desconfiar de que alguém entra nesse aposento sem a autorização dele.

Foi ao quarto com Acácio durante cinco dias. Era fácil distraí-lo para que Ângela pudesse esconder o comprimido. O médico a via como uma empregada simplória, e ela soube desempenhar esse papel com destreza.

Ao final da quinta noite, Ângela entrou no quarto e acordou Catarina com movimentos gentis. A jovem sentia os reflexos das pernas mais agitados do que nunca e mostrou para Ângela quão bem já conseguia se movimentar. Comemoraram juntas com sorrisos e abraços. A governanta vestiu-a com uma roupa leve, colocou um par de sapatos próximo à porta e murmurou que havia um bilhete no bolso. Quando Catarina o pegou para ler, ouviram passos no corredor. Ângela saiu do cômodo às pressas e a jovem guardou o papel em suas vestes.

Acácio entrou no quarto de manhã. Disse que a passagem dele para São Paulo estava marcada para dali a três dias. Tagarelava sobre as descobertas que fizera e todas as anotações que tinha sobre "a nova espécie". Afirmou, no entanto, que precisava fazer uns últimos testes. Tirou uma serrinha da maleta e a deixou na mesa. De costas para a moça, secava o bebê em cima de outra mesa, pois a criança voltara a ficar imersa na água após alguns dias. O médico dizia que a ciência do século XX nunca mais seria a mesma e que o seu legado era eterno. Chegou a especular o nome científico que lhe daria...

Tudo aconteceu rápido demais para que Catarina pudesse refletir. Levantou-se num arroubo de raiva, pegou a mala de Acácio e o golpeou na cabeça duas vezes. Ele caiu desfalecido. A jovem viu sangue escorrendo de sua cabeça, mas não havia tempo para verificar o dano causado. Pegou o caderno de notas da bolsa e picotou todas as páginas. Com uma manta, tirou o bebê da bacia e saiu do recinto, não antes de calçar os sapatos.

Dava os passos mais rápidos que conseguia. Saiu de casa sem olhar para trás. Sentia saudades dos ventos produzidos pelas mangueiras das ruas de Belém. Com um pano, cobriu o rosto do bebê. Não sabia de onde seu corpo havia tirado tantas forças, uma vez que passara semanas de repouso.

As pessoas não pareciam se importar com o ritmo de seus passos, mas Catarina manteve-se atenta. A paranoia não a permitia baixar a guarda. Qualquer olhar suspeito bastaria para que ela tomasse alguma atitude intempestiva.

Pensou no pai e no médico. Tinha dúvidas quanto à situação de Acácio, não sabia sequer se ele estaria vivo após o golpe que recebera. Ninguém a ajudaria. A justiça ficaria ao lado de Gilberto, e usariam o seu estado físico e mental para negar os fatos. Não era difícil convencer a todos que uma mulher estava desequilibrada.

Parou de caminhar apenas quando chegou ao porto de Santa Bárbara, próximo do pôr do Sol. Viu os barcos atracados e pôde relaxar ao ouvir o barulho das ondas. Inspirou fundo com os olhos fechados.

Num momento de distração, ao respirar o ar puro daquele ambiente, percebeu que não estava sozinha. Havia um homem nu parado na beira da Baía, um pouco mais velho do que Leo. Seu olhar era penetrante. Era belo como um dia de liberdade. Ao vê-lo, Catarina soube que não era humano. Era *um deles*.

Beijou a testa do filho. Foi a primeira e última vez que fez esse gesto de afeto. Como numa despedida reconhecida pelos dois, o bebê se transformou, em poucos segundos, numa criança humana. Os olhos e sobrancelhas eram dela, mas o nariz, a boca e as maçãs do rosto eram de Leo. Por mais que se preocupasse com a saúde e o bem-estar do pequeno, sabia que o único modo de o manter seguro era não o vendo nunca mais.

O homem o pegou com gentileza. Catarina virou-se para olhar se não havia algum estranho por perto e, ao voltar-se para os dois, eles não estavam mais lá.

Seus olhos não tinham mais lágrimas para chorar. Ao apalpar os bolsos, lembrou-se do bilhete de Ângela. Era o endereço de uma sobrinha da governanta. Seria possível contatar Filipa da casa dela?

IMPERDOÁVEL CÍRCULO VICIOSO

DIA 1

Sentadas no banco do estábulo, as crianças observavam Adriana despejar a ração que o pai delas, Vitorino, deixara comprada para as cabras. Estavam quietas e com os semblantes fechados. A mãe sentia os braços doerem ao erguer aqueles baldes pesados que ela não estava acostumada a levantar, mas se limitou a fazer algumas caretas.

— Como foi o dia na escolinha hoje? Não vão falar nada, não?

Limpou o suor da testa e, com uma colher de pau, misturou a ração nova com a antiga que estava nos comedouros. As cabras abanavam os rabos enquanto chafurdavam as caras na refeição e sujavam o focinho ao se alimentar.

– Oxi, que esse silêncio tá me incomodando. Quem vê pensa que vocês, quietos assim, são uns anjinhos! – E riu da própria piada.

– Mãe... mainha... cabras falam? – Indagou Ariovaldo, o primogênito.

– Mas que pergunta doida é essa? De onde você tirou isso, Ari? – As sobrancelhas de Adriana se levantaram.

– Hoje ouvimos uma voz falando com a gente aqui no pasto. Não conseguimos ver de onde vinha, mas ela garantiu que era uma das cabras. Até balia de vez em quando, entre uma palavra e outra. E não era gente fingindo, dou a minha palavra que não!

Adriana lavava as mãos num balde d'água enquanto ouvia o filho.

– É mesmo? E o que tanto ela dizia? – disse, enquanto secava as mãos num trapo velho que estava pendurado num dos cepos. Todos eram de madeira e já se podia ver os pés deles envelhecidos. Vitorino teria que trocá-los muito em breve.

– Primeiro ela perguntou os nossos nomes, se morávamos aqui mesmo, se gostávamos daqui, essas coisas. – O tom de voz de Ariovaldo era monótono e linear.

– Ela tinha uma voz engraçada, mainha – comentou João, um irmão mais novo.

– Falava com a voz assim, meio tremida, sabe? Às vezes, até repetia uma sílaba ou outra – completou Maria, irmã gêmea de João.

– Ah, imagino. E ela disse de onde vinha? – Adriana achou melhor dar corda à situação para ver até onde iam. Pelo menos começaram a falar, após tanto tempo taciturnos. Além disso, eles a faziam se esquecer um pouco da fadiga.

– Disse que era daqui mesmo, mas que passou muito tempo dormindo e, enfim, acordou... Mainha, somos obedientes?

– Mas é claro que são. Vocês me dão trabalho de vez em quando, mas que criança não dá? E garanto que são mais bem-

-educados do que os filhos dos meus patrões. Eles, sim, são umas pestes! – Adriana trabalhava como empregada na casa de uma família rica que residia em Campo Grande.

Após fechar a porteira do estábulo com um cadeado, pediu que as crianças dessem as mãos para caminharem de volta para casa. Conheciam o caminho, mas o sol se punha e eles poderiam tropeçar nas raízes das árvores ou em alguma ferramenta que Vitorino vivia se esquecendo de guardar.

– E qual é a relação entre essa cabra falante e a obediência de vocês, posso saber? – Adriana segurava a mão de Maria, a menor dos três.

– Ela disse que não gosta de crianças desobedientes. E parecia bem brava quando disse isso. – Ariovaldo aparentava estar mais relaxado ao tocar nesse assunto.

– Ah, mas ela não tem do que reclamar por aqui. Criança desobediente não tem vez nesta casa. E acho bom que ela saiba disso desde já, pois, desse jeito, eu é que vou dar uns safanões nela! – As crianças sorriram ao ouvi-la.

Quando entraram na casa, Adriana mandou que se sentassem à mesa enquanto ela pegava pães para comerem. Vitorino gostava que fizessem a última refeição do dia sempre juntos, e ela fazia questão de manter essa regra familiar.

– E a escolinha, como foi? – sugeriu uma mudança de assunto.

– Foi legal. A professora leu uma história pra gente sobre dois irmãos que viviam num sítio com a avó, e eles tinham uma boneca falante. Tinha um porco falante também e...

– Puxa, que coisa, não? – Ria discretamente. E, de repente, o mistério da cabra falante foi resolvido.

Após terminarem de comer, limpou a mesa com outro pano. Ouviu uma galinha cacarejar e lembrou-se de que precisava comprar milho para elas no dia seguinte.

– Que barulho foi esse? – Maria agitou-se na cadeira.

— São só as galinhas se arrumando no poleiro. Elas sempre fazem isso, não é mesmo?

— É verdade — Ariovaldo comentou.

Adriana esticou as esteiras nos quartos deles para dormirem. Antes de se deitarem, mandou rezarem o Pai-Nosso e ficou vendo-os de joelhos, balbuciando. Erraram uma ou outra parte, mas a mãe não se incomodou. Era o hábito que importava.

Foi para o próprio quarto se arrumar. Deitada, revirou-se na esteira várias vezes antes do sono pegá-la de fato. Ainda sonolenta, teve a impressão de ouvir João dizer: "Por favor, não faça nada com meu irmão Ari".

DIA 2

— Adriana, você voltou a lavar roupas pra outras famílias, foi? — Glória perguntou enquanto a via se aproximar do rio com um balde de roupas na cabeça.

— Ah, a gente tem que aproveitar o tempo livre pra fazer um por fora, né? Hoje é meu dia de folga lá na casa dos patrões, não dá pra perder essa oportunidade.

Adriana se agachou junto ao rio com Glória, que também realizava esse ofício. A amiga, no entanto, tinha esse trabalho como única fonte de renda.

— E como vai a vida, Adriana? — Glória estava com as pernas abertas enquanto esfregava uma saia.

— Ah, nada de mais. Vitorino foi resolver uns problemas de família na casa de um tio, em Belém. Ele vive num bairro chamado Santa Bárbara, se não me falha a memória. Mas daqui a pouco o meu marido tá de volta...

— E a dor na coluna? Você comentou sobre ela na semana passada, quando nos encontramos na feira.

– Ah, essa daí não tem jeito. Vou falar com o patrão qualquer dia desses, tem que ter alguma vantagem trabalhar em casa de médico.

De vez em quando eram interrompidas pelo barulho da água que espirrava nas duas, mas o falatório não parava.

– E, por falar em feira, você viu que Gilberto enfeitou toda a barraca de doces dele com bandeiras dos Estados Unidos e do Chile para o jogo do dia dois? Esse daí tava animado mesmo. Mas também, né, quando imaginaríamos ver um jogo da Copa do Mundo aqui em Recife? – Glória separava as roupas sujas das limpas no balde.

– Ah, eu bem que preciso desse vigor do Gil, viu?! Mas, dessa copa aí, só ouvi o jogo pelo rádio lá dos patrões. Na verdade, tô precisando mesmo é rezar na missa... – Adriana estendia uma camisa lavada numa pedra para verificar se havia alguma mancha.

– Rezar? Por quê?

– Ah, ontem as crianças inventaram que ouviram uma cabra conversar com elas. Uma tolice, eu sei, mas não é que me deixaram perturbada? Tive até sonho ruim essa noite.

– Não se aperreie com isso, deve ser alguma brincadeira nova deles. Sabe o meu filho Ernesto? Então, tava esses dias falando a mesma coisa. Que uma cabra disse que não gostava de crianças desobedientes. De onde será que tiraram isso? – perguntou Glória.

– Talvez das histórias que a professora anda lendo pra eles. Tem o seu lado bom, né, porque eles estão aprendendo a falar difícil. Ontem até disseram "sílaba" e "enfim". Imagina só! – Adriana achou graça no próprio comentário. Pediu à colega um sabão emprestado, pois o dela acabaria na próxima peça, um casaco preto cheio de botões.

– Pelo menos eles perguntam sobre o próprio comportamento. A gente não era assim na nossa infância. – Glória se recorda. – Lembra... ah, deixa pra lá!

— Diga, ué. — Adriana a instigou.

— Lembra quando você roubou um pé de moleque na feira e os seus pais ficaram umas feras? A dona Jurema te bateu com vara de marmelo e tudo.

— Lembro. Mas não conta para os meus filhos, não, que é pra eles não acharem que podem fazer a mesma coisa. Ari é tão bonzinho que chega a dar dó. Os gêmeos são mais atrevidos, mas nada do outro mundo. E vê se não fala pro seu filho também, o Tinho, porque você sabe como criança é. Um conta pro outro, e daqui a pouco todo mundo aqui em Dois Irmãos já sabe. — Adriana não gostou de se recordar do episódio.

— Mas você tinha boas intenções, né? Lembro que disse que queria dividir os docinhos com teus irmãos.

— Ah, você sabe muito bem qual lugar está cheio de boas intenções.

Adriana ajudou Glória a torcer uma camisola longa, com uma capa que esvoaçava ao vento. Mais um dos caprichos das madames. Passaram o resto da tarde conversando sobre outras trivialidades. Após terminarem a lavagem das suas roupas, despediram-se e tomaram cada uma o seu rumo.

A menção ao episódio do roubo na feira fez Adriana se lembrar de uma parte dessa história que ela nunca dividira com ninguém, exceto com as orações, na Igreja de Nossa Senhora da Boa Viagem. Roubou o doce de raiva, após não ser recompensada por outro roubo do qual participou: certa vez, enquanto estava na feira com a mãe, um grupo de meninos pediu para ela distrair o dono de uma barraca de frutas enquanto eles a saqueariam. Ela fingiu passar mal, e tudo ocorreu como planejado, exceto o fato de que não recebeu a parte dela, uma saca de goiabas e maracujás. Nunca mais viu aqueles meninos, mas ouviu rumores de que, durante a fuga, eles agrediram um homem, deixando-o com hematomas e contusões.

– É a casa pra tomar conta, a bicharada, a casa dos patrões, a roupa... não sou uma só, não. Ninguém aguenta tanto serviço nas costas. Tô é precisando pôr a cabeça no lugar, pra não acabar variando das ideias – conversava consigo mesma no caminho.

Em casa, Ariovaldo, seu filho, disse que havia jogado milho para as galinhas pouco antes de ela chegar. Adriana o beijou na testa e disse que prepararia algo para comerem.

Enquanto labutava na cozinha, parou duas vezes para respirar fundo. Punhas as mãos nas costas e a massageava de leve.

Serviu ovos cozidos e uma alface que colhera da horta uns dias antes.

Entre uma mastigada e outra, Ariovaldo comentou que a cabra falara outra vez. Dissera frases evasivas como "às vezes, eles voltam" e "o passado será reparado". Maria riu e disse que a cabra parecia bêbada, com a voz embolada. Os três soavam descontraídos ao falar dela.

Mais tarde, pouco após se deitar na esteira, João pediu para dormir com ela. Adriana não se levantou, apenas sussurrou, fazendo algumas pausas na voz, que ele se deitasse no lado da cama de Vitorino.

A mãe ouviu Ariovaldo e Maria rindo baixinho no quarto das crianças.

DIA 3

Em meio ao vendaval que prenunciava a chuva, Adriana corria apressada para recolher as roupas. Uma calçola voou para longe, e ela precisou correr para buscá-la antes que terminasse no chiqueiro, para onde o vento parecia levá-la. Uma outra peça batia em seu rosto, mas ela logo a empurrou com os braços. A última roupa que pôs no balaio foi um vestido de Maria, fino na parte superior e que se abria à medida que descia, formando uma espécie de triângulo.

Entrou em casa apressada, com alguns respingos, fechou as janelas e viu algumas gotas alcançarem os parapeitos. Estava fechando a porta quando viu os filhos correrem em direção à casa. Havia lágrimas nos olhos dos três.

– Mainha... a cabra disse que vai te pegar! – repetia Ariovaldo.

Adriana apontou para dentro da casa e ordenou que entrassem. Uma golfada de vento entrou em sua boca, provocando uma efêmera tossida.

– É uma missão que ela precisa cumprir, porque botaram ela pra dormir antes... – interveio Maria, querendo participar.

– Ela quer a nossa ajuda, mas, mainha...... – Ariovaldo interrompeu a irmã.

– Parece que ela tá fraca agora, mas vai ficar forte! – Maria não permitiria que se esquecessem dela.

– Eu não vou deixar! Vou te proteger sempre, mainha. Sempre! – João repetia entre um soluço e outro. Abraçou as pernas da mãe. A gola da camisa estava empapada de lágrimas. Era o que mais chorava dos três.

Adriana fechou a porta da casa com a chave e as trancas internas. Esbravejou que era apenas para se protegerem melhor da chuva. Ordenou aos irmãos que se secassem com um pano – os três estavam com respingos de chuva na roupa, mas pouca coisa – e voltassem para a sala em seguida.

Abraçados, ouviam o trovejar vindo dos céus furiosos. De vez em quando, captavam o som de uma galinha ou cabra com medo da chuva, que seguia agressiva e tirana.

Adriana encarou uma Bíblia aberta que mantinha na mesinha da sala. Esperava que uma proteção oriunda do mundo celestial os guardasse da tempestade. Ansiava por uma ajuda que viesse de todos os lados, do Pai, do Filho e do Espírito Santo, juntos e misturados.

Colocou os três para dormir e se recolheu por último. A quietude reinava no quarto dos rebentos.

DIA 5

De manhã, Adriana lavou roupas no rio sozinha. Passou na casa de Glória para chamá-la, mas a amiga pretendia cuidar do filho doente. Uma virose se apossara do menino e não queria largá-lo de jeito nenhum.

Adriana lavou e lavou. Lavou vestidos, camisas, ceroulas e casacos. Lavou a si mesma, as dores do peito. As suas estafas, os seus fastios, tudo o que a aborrecia. Levava o balde na cabeça enquanto ia embora.

No final da tarde, sorridente, voltou para casa após passar no Mercado de São José. Não ouviu os meninos brincando em canto algum. Deixou as compras em cima da mesa – cuscuz, bolo de rolo e uns camarões que pretendia cozinhar mais tarde – e decidiu procurá-los. Não os viu nos dois quartos ou na cozinha. Talvez estivessem pelo quintal, empoleirados em alguma árvore, comendo frutas que se esqueceram de colher quando ela pediu.

Procurou no galinheiro e estábulo. Nada. Encarou as cabras. Nunca lhe pareceram tão simplórias quanto antes. Mastigavam mato e a olhavam de volta como se o mundo pudesse ser reduzido a essa cena bucólica.

Mais adiante, no pomar, viu Ariovaldo sentado no chão com as pernas abertas. Chorava descontrolado. João e Maria olharam para ela quando perceberam a presença da mãe no recinto.

— Mainha, agora a cabra me quer também!
— MAS O QUE FOI DESSA VEZ? ESSA HISTÓRIA TÁ INDO LONGE DEMAIS... — não se controlou. Era o acúmulo de um descontentamento com aquele assunto que digeria há dias.
— Eu juro que foi sem querer, mainha. Eu voltava da escolinha com uns amigos e passamos numa venda, porque o Fabiano, um colega da escola, queria comprar uns doces. Eu tava com uma caixa de pés de moleque na mão, mas o dono da venda disse que as moedas de Fabiano não davam pra comprar tantos doces assim...
— E?... — questionou Adriana.
— E saímos correndo, não vi que o pé de moleque tava na minha mão. Mais tarde, a gente dividiu a caixinha. Fabiano insistiu pra gente dividir, e tava gostoso, e...
— VOCÊ PEGOU O DOCE SEM PAGAR? EU NÃO TE ENSINEI NADA, NÃO, MALTRAPILHO?! — Adriana o agarrou pelos ombros e o sacudiu. O garoto soluçou mais.
— A cabra ficou furiosa quando descobriu. Disse que a nossa dívida agora é maior ainda... — Maria completou.
Ao fitá-la, Adriana percebeu que havia um fio fino de líquido vermelho escorrendo no canto direito da boca da filha.
— O que é isso no seu rosto, Maria?
— A cabra me deu de beber, disse que eu precisava me limpar e...
— EU NÃO QUERO MAIS SABER DE CABRA NENHUMA! — Agarrou Maria pelo braço e a jogou no chão.
Mandou os garotos entrarem em casa e segurou Maria pelo ombro. Levou-a ao estábulo. Abriu um armário e pegou um facão. As cabras baliram alto devido ao barulho que interrompera a tranquilidade delas.
— Fala, Miséria! Cadê essa cabra? Hoje eu dou um fim nela!
Maria olhava para os lados, afoita. Abanava as mãos enquanto os lábios tremiam.

– Ela não tá aqui, mainha. Dou a minha palavra que não tá...
– Ah, espertinha essa cabra, hein?! Agora ela sumiu, do nada...
– Nem a gente sabe quando ela aparece direito, mas vai que...
– Vai que nada, sua tonta! Não quero mais saber de cabra nenhuma, tá me entendendo?

A filha gemeu o que seria uma tentativa de contra-argumentar, mas a mãe cortou a fala da garota.

– TÁ ME ENTENDENDO?

A filha concordou, fechando os olhos e acenando. Lágrimas escapavam pelos cantos do rosto. Adriana percebeu que fez essa pergunta bradando com o facão na direção da menina. Horrorizada diante dos pensamentos que a tomaram, jogou o objeto no chão e abraçou Maria, que correspondeu. Antes de saírem do local, fechou a porta e janelas do estábulo, não antes de se certificar várias vezes de que estavam bem trancadas.

Pegou a menina no colo, e voltaram para casa. Os meninos nada disseram. A mãe teria que tomar as rédeas da situação.

DIA 7

Adriana comprou um cadeado novo e trancou o estábulo das cabras. Apenas ela ficaria com a chave de agora em diante. Trocaria a água e ração delas à noite, quando chegasse, após o serviço.

Os três protestaram.

– Mas, mainha, agora a cabra não vai falar mais com a gente... – insistiu Ariovaldo.

– Mas é essa a minha ideia, Ari; é essa, mesmo. E amanhã dou um jeito de passar na escolinha pra saber se a professora continua lendo essas histórias malucas pra vocês. Tô por aqui – passou a mão por cima da própria cabeça e fez um movimento de corte – com essa história de cabra falante.

— A escolinha não tem nada a ver com isso, mainha. Ela precisa falar... — Maria choramingava.

— Sabem o que vocês três são? Uns pivetes mal-amados. Você e o João têm oito anos, o Ari acabou de fazer dez, e agora querem ficar de segredinhos com uma cabra que nem mesmo tem rosto e corpo? Se ela tiver que falar algo, que fale comigo, eu respondo por vocês. Aprendam primeiro a cortar as unhas sem mim, aí, talvez, eu pense na possibilidade de vocês poderem resolver alguma coisa sozinhos. — Adriana levantou o indicador esquerdo para o alto ao pronunciar as últimas palavras desse sermão.

— Mas, mainha, e se ela ficar brava com a gente por não falar mais com ela? — João indagou, confuso.

— Se ela ficar, que fique. Vamos fazer o seguinte: vou deixar a casa bem fechada — andou pelos cômodos, fechando as janelas —, que aí ela não entra aqui de jeito nenhum. Não andem por aí sem mim, que não tem perigo. Prometo que sei me virar se ela aparecer com gracinha pra cima de mim.

— Isso não é justo! Queremos ir pra fora! — Ariovaldo esbravejou.

Ele se aproximou de uma janela e tentou abri-la. Adriana o agarrou por trás e tirou as mãos do primogênito das trancas. Ariovaldo se sacudiu, proferindo impropérios, ao passo que a mãe agarrou os pulsos do garoto, tentando imobilizá-lo. O garoto bateu os pés no chão, produzindo um som oco. Adriana abraçou o menino por trás e o sacudiu, ordenando que se aquietasse. Onde estava a criança calma que conhecera tão bem?

Um golpe de vento abriu a janela.

Ariovaldo chorava, e Adriana tentou limpar o seu rosto com a barra do vestido, mas ele a impelia com as mãozinhas finas. Cuspiu no rosto da mãe. Ela levantou a mão direita, prestes a lhe dar uma bofetada no rosto; contudo, aplicou o golpe na direção do braço do garoto. Como ele se desviou, o tapa pegou no tronco.

— Sabe o que não é justo? É vocês me tratarem desse jeito enquanto eu me mato por vocês lá fora. Tenho praticamente dois empregos, alimento os bichinhos, recolho as frutas do pomar e verduras da horta. Tudo o que peço é uma coisinha ou outra, nada que umas crianças miúdas feito vocês não deem conta de fazer. Mas pra quê? Para os meus próprios filhos não terem um pingo de respeito por mim?! — engasgou. Há tempos queria ralhar com os filhos desse modo.

— Mainha... — Maria a chamou. Estava próxima da janela.

— Mainha nada. A minha mãe passou a vida me ensinando a ser uma pessoa direita, e faço o possível pra fazer o mesmo por vocês, pra vocês terem uma vida decente. Quer saber, vou começar a dar o corretivo que vocês merecem pra já. Amanhã o Ari vai na venda se desculpar pelo roubo do pé de moleque. Se preciso for, vai trabalhar lá uma tarde todinha pra pagar o prejuízo que o coitado teve...

— Mainha, a cabra tá lá fora, olhando pra casa. — Maria apontou para fora.

A princípio claudicante, Adriana se aproximou da janela num sobressalto. Não havia nada no quintal, apenas alguns arbustos balançando.

— Já disse que não quero mais saber de cabra...

— Ela tava lá, mainha, juro que tava. Ela andava só com as duas patas de trás e tinha uns braços peludos, as mãos pareciam uns cascos e... — João tomou fôlego para seguir a sua descrição, mas Adriana o interrompeu.

— Meu filho, por favor, não tem cabra falante nenhuma. Parem com essa história. Será que é tão difícil assim não brincar mais disso?

Ao mesmo tempo que falava com o caçula, viu Ariovaldo se dirigir à porta e tentar abri-la.

Ela o pegou pelo braço e o levou para o quarto.

– CHEGA, CHEGA! NÃO TEM JANTA PRA VOCÊ HOJE, MOCINHO! – vociferou antes de trancar a porta. – E, se eu descobrir que você abriu a janela, é uma cintada que vai dar um jeito nesse seu gênio ruim, moleque dos infernos. – Um castigo que Vitorino aplicaria sem o menor constrangimento.

Mais tarde, serviu para os gêmeos o resto de um ensopado de camarões que cozinhara ontem. Eles a fitavam, mudos, entre uma colherada e outra.

Naquele momento, Adriana era a defensora de sua prole, e nada a faria ver a si mesma de outra forma. Era a própria Ester, rainha da Pérsia, fadada a um destino que não escolhera e defendendo o seu povo com todas as estratégias de que dispunha. Mesmo que eles se ferissem pelo caminho, terminariam a salvo de quaisquer perigos.

Ao término de seus afazeres noturnos, abriu a porta do quarto para João e Maria entrarem. Ariovaldo dormia, encolhido de costas para a porta. Adriana achou melhor não o incomodar. Decidiu deixar a porta apenas encostada.

Ao se deitar na esteira e sentir as pálpebras pesarem, viu o filho mais velho a encarando na soleira da porta. O rosto, sério e soturno, não parecia o de alguém que acabara de acordar.

– Não faz diferença se podemos ir lá fora ou não.

– Posso saber o motivo? – Adriana esfregava os olhos com os dedos indicadores curvados.

– Porque hoje, pela primeira vez, a cabra falou comigo nos meus sonhos.

DIA 9

Adriana não deixou as crianças saírem de dentro da casa o dia inteirinho. Falou com o patrão no dia anterior e pediu uns dias de folga. Ele não só os concedeu como também receitou um remédio para as dores. Segundo ele, era um medicamento forte e que poderia gerar algumas reações adversas, mas a curaria sem deixar vestígios de enfermidade. Pouco antes de chegar, encontrou Glória na rua e perguntou sobre o filho adoentado. Ernesto piorara e deu entrada num hospital.

Os meninos não lhe dirigiam a palavra. Entre eles, nenhum assunto caprino surgiu. Encaravam a mãe com a cara fechada, limitando-se a perguntar algum comando referente às atividades da casa. Maria varreu os cômodos; Ariovaldo e João sacudiram os tapetes no quintal sob a rigorosa supervisão de Adriana.

Cortava algumas cebolas quando um estrondo vindo do lado de fora a estorvou. Cortou um dedo por acidente. Chupou-o num gesto instintivo. O som, retumbante, aterrador, parecia várias árvores sendo sacudidas ao mesmo tempo. Em seguida, cascos trotando, como se uma tropa de cavalaria estivesse nas redondezas.

Ariovaldo correu até a porta e a abriu. Horrorizada, Adriana foi atrás do menino, mas a porta bateu logo em seguida e emperrou. A mulher mexia na tranca, aflita, mas a porta não dava sinais de que cooperaria com a matriarca.

O barulho aumentou. Cabras baliam entre uma trotada e outra.

Adriana abriu a janela para ver o que se passava. O céu se fechara, tomado por nuvens carregadas. Nenhum sinal de cabras ou quaisquer animais, mas o barulho não cessava.

— Mainha, se esconde! Ela tá vindo! — João a puxou pela mão.

Adriana se deixou ser conduzida pelo miudinho, que se tornara seu defensor. Entraram no quarto dela e fecharam a porta pouco depois de Maria entrar.

Abraçaram-se. O som das árvores e dos trotes tornou-se mais alto. Adriana pediu aos filhos que a soltassem, para que pudesse ir à cozinha, não antes de jurar que voltaria, após ver as caras de protestos. No alto do armário, pegou uma peixeira e voltou para o cômodo.

Ao voltar, trancou a porta de novo e verificou a janela mais uma vez. Empunhou a faca e pediu que os filhos ficassem atrás dela. Choravam baixinho.

Ouviram passos na entrada. Apesar dos sussurros incompreensíveis, Adriana era mãe e conhecia o timbre da voz de Ariovaldo. Parecia conduzir outros que o acompanhavam.

A porta abriu sem dificuldades, com um rangido suave. O primogênito a encarava. Os olhos marejados e o nariz escorrendo não escondiam seus sentimentos.

E Adriana viu. Dedos escuros tocaram o parapeito, os braços tomados por uma pelugem marrom-clara apareceram em seguida. O barulho do casco a fez derrubar a peixeira e levar as mãos aos ouvidos. Ao piscar os olhos, o objeto sumiu. Encarou os chifres imponentes e o rosto da criatura. O focinho era maior do que o de qualquer outra cabra que ela já vira. Os dentes, grandes, carregavam histórias consigo. Devoraram vidas inteiras! Os olhos, todavia, não transmitiam emoção.

A mãe não tinha razões para expressar o que sentia. O medo e o pânico eram só seus, vindos de seu âmago, um buraco desconhecido e profundo de onde provavelmente aquele ser também se originara.

– Ele já me tem, mainha. E agora ele te quer – Ariovaldo afirmou, sombrio. – Eu sei que ele te quer.

As pernas de Adriana cederam. Ao cair no chão, olhou ao redor, e tudo estava desfocado, sem brilho. Pouco antes de fechar os olhos, viu João e Maria se aproximarem da cabra. Sem nenhum sinal de luta, os três partiram com ela de bom grado, sem olhar para trás.

ACIDENTES DE TRÂNSITO

JORNAL DIÁRIO COLETIVO

10 DE MAIO DE 1975

Acidente de carro no Túnel Rebouças causa a morte de "Visconde", traficante foragido

Na última quinta-feira, a Polícia do Rio de Janeiro obteve informações sobre o paradeiro de Valério Inácio Barreto Chaves, traficante de drogas foragido há mais de dois anos. Ao saber que seria capturado, o "Visconde", apelido que lhe deram no Morro das Antenas, favela onde atuava, tratou de planejar a sua fuga.

Em sua rota para sair da cidade, o bandido pretendia passar pelo Túnel Rebouças com um Opala emprestado por um amigo do tráfico. Ele não sabia que a polícia descobrira a informação e planejou interceptá-lo no local. Ao se ver encurralado pelos dois lados do túnel, Visconde tentou uma manobra frustrada que causou a queda de seu veículo numa ribanceira próxima. O carro preto está inutilizável, e o capô está destruído.

Horas depois, quando o Corpo de Bombeiros Municipal chegou ao local, seu corpo foi encontrado sem vida entre as ferragens do carro.

Se de um lado havia parentes e amigos próximos lamentando a sua morte, do outro havia pessoas que receberam a notícia com alívio. Uma moradora do Morro das Antenas que prefere não se identificar disse que poderá dormir em paz nos próximos dias: "Ele era um homem muito mau. Mandou matar muita gente, vendia drogas e até escravos ele mantinha em seu território – ou no seu "pedaço", como ele gostava de dizer", comentou. "Ouvi boatos de que até pacto com o diabo ele tinha. Esse mundo tem gente ruim demais, agora tem uma a menos", disse a moradora, aliviada.

O enterro será na próxima quarta-feira num evento restrito a familiares.

(Alguns meses depois.)

Naquele domingo de manhã, o primeiro pensamento de Matilde ao pôr os bolos e salgados fritos no banco de trás de seu carro foi que jamais permitiria novamente que Demétrio tirasse um período tão grande de férias. Ela levava o dobro do tempo para organizar todos os preparativos sem o auxílio do motorista e serviçal. Talvez lhe oferecesse mais dinheiro para aumentar a sua carga horária; ele sempre comentava das necessidades que sua família passava. Falaria com o advogado em breve sobre essa questão.

Pensou na possível reação de suas amigas, no Encontro das Senhoras pela Moral e Bons Costumes, ao vê-la vestida daquela forma. Não seria a primeira a ir à reunião usando vestidos floridos estampados cujo comprimento chegava pouco acima dos joelhos, mas sempre cochichava depois com as amigas sobre as roupas inadequadas que algumas usavam nos encontros. Mas ela não se importava. Todos têm o seu ponto fraco, e este seria exposto cedo ou tarde.

Ao sentar-se no banco do motorista, usou o retrovisor para verificar se o penteado permanecia no lugar. Os cabelos continuavam firmes como uma estátua de pedra. Pedira à cabeleireira que não maneirasse no laquê. Admirou, em seu reflexo, os brincos que comprara na joalheria de Dinorá, amiga que também frequentava os encontros. Duas bolotas pretas reluzentes. Estava encantadora. Sorriu.

Deu partida no carro. O trânsito estava o caos de sempre, mas agora Demétrio não estava lá para usar algum atalho ou caminho alternativo que conhecesse. Matilde teria que contar apenas com os seus escassos conhecimentos para encarar o tráfego carioca. Foi cortada por outro carro enquanto estava distraída escolhendo uma rádio para ouvir. Buzinou e gritou palavrões para o motorista. Havia outra colega dos Encontros,

Amélia, cujo marido trabalhava na Prefeitura do Rio de Janeiro, numa repartição responsável pelo trânsito municipal. Conversaria com ela sobre os problemas diários que os motoristas enfrentavam na cidade.

Ouvia a estação de rádio. Entrevistavam uma estilista famosa que procurava o filho desaparecido há alguns anos. Falava sobre um desfile de moda que organizara no exterior, usando estampas como forma de protesto. A mulher dizia estar convicta de que os militares tinham relação com o caso. Matilde mudou de estação, desinteressada. Tinha problemas demais na cabeça para ouvir, ainda, os infortúnios dos outros.

Entrou numa estrada próxima a um morro, de modo que viu um amontoado de casebres de madeira e taipa construídos ao longo de sua subida. Mesmo estando longe, podia ver uma torrente de água suja descendo pela ladeira. Fez uma careta. Perguntou-se se seria numa daquelas casinhas a moradia de Demétrio.

"Serei eu a única a perceber como essa visão enfeia a nossa cidade? Falarei com Amélia sobre isso também. Não é possível que ninguém mais repare na estética de nossos cartões-postais. Se queremos atrair turistas de todo canto do mundo, precisamos ser dignos da presença deles!", pensou.

Matilde teve sorte, pois nunca precisou morar em condições tão precárias. Era uma descendente dos Carvalho Amorim, uma família de nobres que chegou ao Rio de Janeiro com a Família Real Portuguesa, quando decidiram erradicar-se no Brasil. Um de seus maiores orgulhos era o quadro com o brasão da família pendurado na sala de seu apartamento: uma árvore com frutos em formato de coração.

A filha vivia em Paris, longe daquela vista que Matilde considerava deprimente. Estudava Arquitetura. Ao voltar para o Brasil, a socialite a indicaria para trabalhar na empreiteira de um amigo. Acreditava que suas ideias, vindas do que havia de mais moderno na Europa, dariam novos ares aos prédios brasileiros.

"Enquanto os militares limpam o país da presença dos comunistas, minha filha está longe disso tudo. Que desgosto a Margarida me daria caso se juntasse a esses subversivos desocupados! Aposto como um dia ela ainda me agradecerá pelo sacrifício que fiz quando a mandei ao exterior para estudar."

Aproximava-se do Túnel Rebouças. Um Opala pareava com a esquerda do Escort importado dela. Matilde buzinou e pediu que ele se afastasse, pois a aproximação excessiva dos dois veículos causaria um acidente. Olhou para o lado. Apesar dos vidros escuros do outro carro, vislumbrou o motorista. O homem usava uma camisa branca justa com mangas compridas e largas, uma faixa verde amarrada na testa e um colar com um símbolo hippie. Percebeu que ele virava o volante para o lado sem virar o pescoço para vê-la. Era como se ele não a enxergasse. A fisionomia de sua face era inexpressiva.

"Droga! Tinha que ser um degenerado desses para me atrapalhar tanto!"

Acelerou. Sentia o vento cortar o seu rosto. Não havia outros carros na pista. No entanto, Matilde sabia que, se houvesse, bateria neles por culpa do infeliz que a importunava. Se Demétrio estivesse com ela, pediria ao motorista para irem direto a uma base militar. Não demorariam a atender uma cidadã de bem precisando de ajuda.

Mudou de lado na pista. Desligou o rádio para prestar mais atenção no trânsito. Ouvia o barulho de seu próprio motor aumentando. Respirou fundo. Jamais seria multada por culpa de um irresponsável.

Diminuiu a velocidade. Matilde sabia de quem era a culpa. Falavam tanto da truculência dos militares, mas o fato é que eles eram condescendentes demais com a baderna dos jovens.

A sociedade criaria toda uma geração de hedonistas preocupados demais em satisfazer a própria lascívia para se importar em ter um mínimo de respeito pelo espaço alheio. Provavelmente nem sequer trabalhavam. Ela e as demais senhoras sempre comentavam esses assuntos nos encontros.

Adentrou o túnel. Sentiu-se aliviada ao se ver sozinha no local. Precisaria de uns minutos de paz.

Voltou a ouvir o rádio. Um comentarista tecia opiniões sobre o desempenho dos jogadores nos primeiros jogos da Copa Brasil. Matilde diminuiu o som. Acreditava que aquele idiota falava do que não sabia, como muitas pessoas hoje em dia, mas a voz de alguém conversando a acalmava.

Ouviu o barulho de rodas rasgando o asfalto. Levantou o rosto, sobressaltada. Era o Opala vindo pela sua direita. Matilde estava certa de que não havia tempo hábil para ele alcançá-la em tão pouco tempo, a menos que o *famigerado* infringisse as regras de trânsito e andasse acima do limite de velocidade. Deu-se conta de que essa possibilidade não poderia ser descartada.

Ele bateu em sua traseira. Matilde gritou insultos e ameaças. Quando saiu do túnel, decidiu que tentaria anotar a placa do carro preto que a perseguia. Faria um gigantesco alarde na delegacia. Ela mesma teria de tomar uma iniciativa para acabar com aquela patifaria.

Olhando pelo retrovisor lateral, viu cacos de vidro caindo de seu Escort pela estrada. Os estilhaços brilhavam como pedras preciosas. Resmungou. Estava economizando a pensão que recebia por ser viúva de um brigadeiro com o intuito de viajar para a França e, junto com a filha, conhecer o Velho Mundo. Mais do que medo de encontrar o Opala de novo, sentia raiva dele por fazê-la ter que gastar parte desse dinheiro com o conserto do veículo.

O Opala reapareceu a toda velocidade e bateu mais duas vezes em sua traseira. Matilde tentou desviar, mas deu com o corrimão de estrada. O impacto dilacerou o carro, que voou morro abaixo, caindo numa vala.

O rosto e as mãos de Matilde sangravam. Gritou por ajuda, mas sabia que ninguém a socorreria ali, no meio do nada. Não tinha forças para sair. Ao bater no vidro da porta do Escort com as palmas das mãos, ele rachou, e pedaços caíram em cima dela; um deles cortou o seu pescoço.

Pensou no encontro que teria mais tarde. As senhoras sentiriam falta dela e, dias depois, ajudariam a organizar o velório, como as boas mulheres que eram.

Se dependesse de Josias, ele não sairia do apartamento do irmão tão cedo. Renato preparara um jantar delicioso para comemorar a sua visita. Não era todo dia que o médico vinha de São Paulo para o Rio de Janeiro. A rotina que levavam tampouco ajudava.

— Josias, querido, esses plantões sugam a sua energia vital dia após dia. Você sabe que um dia terá que dar um basta nesse ritmo alucinante de trabalho — Renato falava ao mesmo tempo que se servia de uma porção de batatas e frango cozidos.

— E, enquanto eu der conta do recado, seguirei firme na labuta. Eu e Cármen estamos pagando as primeiras prestações do apartamento novo. O dinheiro mal entra e já sai.

— A vida é feita de escolhas, como bem sabemos, e do quão dispostos estamos a arcar com as consequências delas — Renato respondeu, com um sorrisinho. Serviu uma taça de vinho para si e outra para o irmão. Quase derramou a bebida na camisa azul que Josias usava na ocasião.

— Cheguei! — Maurício gritou da porta.

Renato o recebeu na entrada. Josias ainda se perguntava como definir Maurício em sua vida. Por mais que os ânimos tivessem se acalmado, não conseguia se habituar à ideia de tratá-lo por... *cunhado*.

Passou dois anos sem falar com o irmão, Renato, quando soube do imbróglio. A ideia de vê-lo vivendo com outro homem quando *deveria* viver com uma mulher o indignara na época. Josias escondeu essa informação de todos no seu trabalho. Não se atrevia a pensar no que fariam se descobrissem *o que* o irmão era. Talvez ele próprio também fosse internado compulsoriamente para tratamentos e pesquisas. Sentia arrepios só de pensar. O Hospital Ladeira Lopes era famoso pelo tratamento nada humanitário que dava aos seus pacientes.

Mas a morte do avô os aproximou como antes. Josias e Renato se abraçaram no enterro e choraram juntos. A vida era muito curta para romper laços tão importantes. Eles eram irmãos, e nada mudaria isso. Havia tantas coisas que Josias não entendia nele mesmo, por que precisava entender nos demais?

Além disso, após longas conversas, ele se afeiçoou a Maurício e viu como ele tratava Renato com carinho e ternura. Era estranho fazer essa constatação, mas tinha certeza: os dois se amavam e formavam um belo par.

Decidiram pôr a mesa na sacada para jantarem vendo as pessoas caminhando pela orla do Leblon. Engataram uma conversa sobre o restaurante que os dois administravam. Renato chefiava a cozinha, e Maurício conduzia as finanças do estabelecimento.

— Nosso singelo comércio é frequentado por tantas pessoas diferentes! Você não tem ideia dos tipos que vemos todos os dias, irmão! — Renato papeava enquanto servia-se de uma salada de alface e cenoura picados. — Lembra-se daquele homem que tomou uma garrafa de uísque sozinho, Maurício, querido?

— Claro que lembro — Maurício entrou na conversa —, mas não creio que tenha problemas sérios com bebida. Reconheço um alcoólatra quando vejo um. Só estava com raiva mesmo. Disse que era escritor, e os militares ameaçaram censurar os seus livros. Deu-me um exemplar de presente. O homem tem jeito com as palavras, mas pergunto-me por que há tanta violência em sua escrita. Era uma história policial sobre um artista plástico suspeito de matar a própria namorada. Uma narrativa perturbadora, pra dizer o mínimo.

– Parece-me uma história interessante – respondeu Josias, após ouvir mais detalhes sobre o tal livro. – Aposto como virará um filme daqui a alguns anos.

– Seu otimismo em relação à humanidade me comove, Josias – interpelou Renato.

– Tome cuidado, irmão. Se os militares souberem que artistas como esse sujeito frequentam o seu restaurante, terá sérios problemas.

– Não se preocupe, Josias. Sabemos como lidar com eles – Renato explicou. – Nossa política como comerciantes é clara. Se o cliente come com garfos, teremos um no formato que ele quiser. Se preferir colheres, idem. O escritor se lamentou, e o deixamos partir quando terminou o seu desabafo conosco, estranhos anônimos na vida dele. Na semana seguinte, três milicos vieram almoçar em nosso restaurante. Servimos o melhor prato da casa e sorrimos pra cada bobagem que diziam.

– O cinismo te porá numa enrascada um dia, Renato.

– Não sou cínico de forma alguma, meu caro. Apenas sei que a vida é sobrevivência, o tempo todo. Não confio neles, mas estão no poder agora, gostemos ou não. Em algum momento, irão embora do Planalto, e outros governarão o país. Quero estar vivo até lá pra ver essa cena. E luto por isso, dia após dia. Não tenha dúvidas quanto a isso.

– Não gostei desses milicos. Perguntaram justo a mim quem era o dono do restaurante, pois queriam elogiar o lugar e indicá-lo a outros militares. Por que é tão difícil pra eles aceitar que um homem negro pode ser dono de um comércio caro e famoso? – comentou Maurício.

– Não se estresse com eles, cunhado. São tacanhos demais para entender o mundo como se deve – Josias por fim verbalizou a palavra que há dias entalara em sua garganta.

O jantar seguiu. Conversaram sobre outras trivialidades conforme a noite se desenrolava. Enquanto comiam a sobremesa, apontavam discretamente as figuras peculiares que andavam pela orla e davam risinhos sarcásticos. Josias elogiou o creme de morango e amora feito por Renato ao se despedir.

– Mas já vai, irmão? O céu está fechando, creio que choverá em poucas horas. Não quer dormir em nosso quarto de hóspedes? Você pode ir embora amanhã de manhã.

– Preciso ir, mesmo. Não quero desperdiçar a diária do hotel. – Tomou cuidado ao omitir que a diária fora paga pelo hospital e que nunca mencionou aos seus superiores a existência do irmão vivendo no Rio de Janeiro.

– Da próxima vez, quero você dormindo aqui. Somos irmãos ou não, afinal de contas? Não se esqueça de mandar um beijo meu para os nossos pais.

Abraçaram-se. Renato deu um tímido beijo em seu rosto. Josias despediu-se de Maurício com um aperto de mãos.

Procuraria, amanhã de manhã, os médicos indicados pela direção do Ladeira Lopes para fazer as negociações. Todo homem tem as suas próprias sombras, e aquela seria mais uma na vida de Josias. Vender cadáveres era uma abominação imperdoável, e ele tinha ciência disso. Mas, como prometeram que ele receberia uma comissão pela possível venda que fariam, aceitou. Os plantões eram insuficientes para pagar o apartamento com a rapidez que almejava.

Pouco após chegar à rua, deu partida no Charger que comprara recentemente. Passou por uma praça, onde viu bandeiras hasteadas, e o sino de uma igreja badalava. Ficava fascinado pela alternância entre espaços cosmopolitas, com grandes construções e prédios modernos, e locais provincianos, como praças, onde as pessoas se reuniam, mesmo tarde da noite. Como primogênito, era um alívio saber que o caçula vivia num lugar tão agradável.

As anotações sobre preços e lógica das cobranças estavam no quarto do hotel. Mesmo sabendo que a privacidade de seu quarto era respeitada, sentia pânico ao pensar em alguém descobrindo um empreendimento tão asqueroso. Fora enfático ao pedir que nenhuma camareira entrasse em seu quarto sem que ele estivesse presente.

Lembrava-se bem do caminho que fizera para chegar à casa de Renato. O irmão fora detalhista nas instruções dadas por telefonema e, quando chegou ao apartamento no Leblon, o encheu de perguntas para saber se Josias não se perdera. Graças à boa memória que tinha, faria o mesmo trajeto.

Uma garoa tímida caía. Como manteve o vidro aberto, seus cabelos loiros se encharcaram em alguns minutos. Torcia para que os dias chuvosos não durassem muito tempo. Usaria a temporada na cidade para, entre uma negociata e outra, aproveitar a praia. Cármen ficaria surpresa ao vê-lo bronzeado. Vivia dizendo que o marido precisava de uma corzinha, pois trabalhar trancado no hospital o deixou mais pálido do que o normal.

Estava há alguns quilômetros do Túnel Rebouças quando viu um Opala se aproximando pelo retrovisor interno. A velocidade do carro lhe causava grandes aflições. Esteve na cidade outras vezes e não se lembrava de ter visto carro nenhum dirigir assim.

Ele emparelhou com o Charger de Josias. Seus veículos se chocaram. A colisão arrancou o retrovisor de sua porta, fazendo com que a peça voasse pelos ares. Buzinou. Ameaçou o motorista:

— Meu tio é sargento e não vai gostar nem um pouco de saber disso! – mentiu.

O motorista do carro preto que bateu em Josias era uma mulher. Devia ter em torno de sessenta anos, o penteado excêntrico reluzia graças a algum laquê barato, e brincos pretos enfeitavam suas orelhas. Sua face não expressava qualquer emoção. Nem sequer o olhava.

Pouco antes de entrar no túnel, a chuva se agravou. A iluminação no interior não o auxiliava muito, e olhava para trás o tempo todo. Sentiu-se desconfortável por ter que dirigir com um retrovisor a menos.

Não entendia o que estava acontecendo. Seria algum fornecedor de outro hospital com donos de índole duvidosa que pretendiam minar a concorrência? O diretor garantiu que ninguém sabia as razões de sua ida ao Rio de Janeiro, e Josias o conhecia bem o bastante para não duvidar dessa afirmação. Ou quem sabe um especialista em desmontar carros e vender suas peças no mercado clandestino? Seu Charger sequer valia tamanho esforço.

Rezou em silêncio. Ainda era um homem de fé, apesar de tudo. O Opala vinha a toda velocidade atrás de Josias. O médico mudou de mão. O carro que o perseguia deslizou pelo asfalto, provocando um forte ruído, parando de repente.

Aproveitou a pausa do outro carro para correr. Ligou os faróis e o observou pelo retrovisor interno. Mesmo após tais manobras, o Opala não tinha nenhuma marca de acidentes. Nenhum arranhão, nenhum amassado. Nada.

Ao sair do túnel, mal conseguia enxergar o exterior de seu automóvel. A chuva tornara-se violenta. Os para-brisas não davam mais conta do recado. Sua visão ficava limpa apenas por poucos segundos.

Mudou mais uma vez de mão. Nunca havia corrido tanto no trânsito. Ligaria para o diretor no dia seguinte, e pensariam em hipóteses, explicações para esse imprevisto. Pediria que o hospital pagasse os reparos de que o carro necessitaria. Viajava a trabalho, afinal.

O Opala vinha da direção oposta. Josias não sabia como isso era possível. Não vira o carro preto cruzar com o seu Charger em nenhum momento. Encurralado, não soube o que fazer, também não dispunha de tempo para calcular uma estratégia de fuga.

Deu três batidas em seu capô. O carro rodopiou no asfalto molhado. O estômago de Josias embrulhou. Sua mente não acompanhava a cena. Sentiu o jantar chegar à boca. O veículo rodava, e rodava, e rodava. Trombou num barranco. O abalroamento virou o veículo de ponta-cabeça no ar. Sua queda abrupta provocou um estrondo no viaduto.

Josias não conseguia alcançar o cinto de segurança para desatá-lo e tentar sair. Nos momentos finais, quando as últimas forças ainda estavam em seu corpo quase inerte dentro da carcaça motorizada que seu Charger se tornou, pensou na empreitada maluca em que se enfiara. Mas seu maior castigo jamais seria morrer ali. Nunca se perdoaria por não mandar aos próprios pais o beijo enviado por Renato.

Três motivos convenceram Davi a ir àquela festa. Primeiro, seu rádio quebrou, e o rapaz não conseguiria consertá-lo tão cedo; logo, não tinha distrações interessantes em casa. Segundo, os amigos do coletivo da Universidade do Estado do Rio de Janeiro estariam lá também. Era uma oportunidade para discutirem os últimos detalhes da manifestação que organizavam para os próximos dias. Por fim, precisava esquecer Luzia. Tirá-la da cabeça, mesmo. Não bastava dizer para a sua própria consciência que a ex-namorada era passado. Se não pusesse essa ideia em prática, ela martelaria na sua cabeça até sabe-se lá quando.

A casa de Ernesto, local onde seria a festa, era um casarão de esquina na Vila Isabel. Ouvia, da calçada, a música em alto volume. Um cantor baiano de *rock* gritava a plenos pulmões toda a sua visceralidade e revolta.

Estacionou a Brasília que ganhara dos pais na mesma rua, a algumas casas de distância. Aquela região do bairro era tranquila. Não teria problemas com vizinhos ou possíveis ladrões.

Alessandro o recebeu na entrada. Usava calças boca de sino azul e um colete verde.

— Ah, enfim saiu da toca! *Qualé* a nova, cara?

— Boa noite pra você também. — Davi não perdia nunca o tom ríspido, mesmo com os melhores amigos.

— Entra. O pessoal tá animado.

Os sofás da sala estavam afastados, próximos às paredes, ampliando o cômodo para os demais. Pessoas se dividiam em grupinhos pelos cantos, com seus copos e garrafas de cerveja. Um garoto tomou um copo gigantesco de uísque num único gole e gritou, olhando para o alto, como se fosse vitorioso pelo feito. Os outros rapazes o aplaudiram. Algumas meninas deram risadinhas ao ver Davi entrar na casa.

Cumprimentou alguns amigos na cozinha.

— Que milagre o Davi aparecer numa das minhas humildes festas — Ernesto o cumprimentou. — Você sabe, fique à vontade e tal. Pensando bem, não. Folgado do jeito que é, vai querer andar pelado pela casa.

— Não fui eu que tirei a roupa na aula de Teoria da História e corri nu pelo campus — Davi lembrou, rindo, do episódio. Ernesto perdeu uma aposta com alguns veteranos quanto à nota que tiraria numa prova e precisou obedecer ao que fora ordenado.

— Nem me lembre desse dia. Os milicos ficaram loucos comigo. Cruzes. — Ernesto tomou mais um gole de cerveja.

— Pessoal, sabem da última? O Joaquim pretende ir à manifestação que estamos organizando. Será a primeira dele! — Alessandro trouxe o colega pelo braço. Joaquim os cumprimentou com um sorriso constrangido. Se pudesse, cavaria um buraco na cozinha e nunca mais sairia de dentro.

— Relaxa, ninguém aqui morde. Só se você pedir, lógico! — Ernesto deu uma mordida no ar na direção de Joaquim. O rapaz corou diante dessa visão. Todos riram.

— Por mais que eu concorde com a manifestação, tenho dúvidas em relação à sua efetividade. — Davi segurava uma garrafa de cerveja pelo bico. — Desde que a capital mudou pra Brasília, é como se não se importassem tanto assim com o que fazemos. Bom, não é segredo pra ninguém que foram pra lá justamente pra fugir dos protestos.

— Isso é porque você não tem as manhas, meu amigo. — Ernesto jogou sua garrafa no lixo, atirando-a de longe. — Falei com um jornalista amigo meu. O Paulão, sabe? Vamos ser capa de jornal. Se não querem noticiar a escravização dos indígenas brasileiros em pleno século XX, o que por si só já mereceria manchetes em letras garrafais, vão noticiar o nosso protesto, então. E não vão faltar faixas e gritos sobre esse assunto. — Foi a primeira fala do militante com um tom de voz sério naquela noite.

— Os milicos vão ficar doidos, com certeza — Davi endossou. Não se aguentou mais e perguntou: — Cara, você viu a Luzia?

— Ah, não! Esquece essa garota, Davi. Se perguntar dela de novo, te ponho pra fora daqui, mesmo não sendo o anfitrião — Alessandro resmungou.

— E eu vou até a tua casa pôr fogo nas anotações sobre as leituras de História do Brasil Colonial que você anda fazendo — Ernesto se empolgou diante da ideia de punir o amigo por tocar no assunto proibido. Aturaram o garoto choramingar durante duas semanas pelo término do namoro. – Quero só ver a cara do professor Sérgio Prado quando souber que você terá que começar tudo de novo.

– Nem brinca! – Davi respondeu. – O Prado faz picadinho de mim se isso acontecer.

Por mais que quisesse falar da manifestação, não tinha disposição psicológica para tal. Se curar da decepção com Luzia era a sua maior necessidade no momento.

Mudaram a música: um *folk* intimista de uma banda paulistana que se apresentava maquiada e usando figurinos excêntricos. A letra inspirou Davi. Precisava tomar a flor da vida de volta para si. Ao contrário do cantor, ele não estava confuso. Sabia de muita coisa.

Aproximou-se de um grupo de garotas. Elas o olharam, sorridentes.

Sua voz não saía. Respirou fundo. Por mais receio que sentisse, tomaria uma atitude. "Você precisa ter medo para ter coragem, ou ao menos é o que dizem."

– Oi... Ahn... qual é o seu nome? – perguntou a uma moça de cabelos cacheados e olhos castanhos.

– Mônica.

As outras garotas se afastaram sutilmente.

– Eu estudo História na Uerj com o Ernesto e os outros. Tô desenvolvendo uma pesquisa com o Prado sobre o apagamento dos povos indígenas na criação do imaginário popular nacional. – Parou de falar tanto de si e deu mais atenção à moça. – E você?

– Estudo Letras.

– Ah, é que... sabe, esses dias eu li um livro de um poeta mineiro e curti pra caramba. O primeiro poema abria o livro dizendo que não pretendia rimar duas palavras aleatórias, tipo "sono" e "outono", só pela sonoridade semelhante. Ele queria liberdade pra rimar como bem entendesse.

— Que bacana. Onde o conheceu?
— Ah... me indicaram na biblioteca. — Por que tinha que falar de um livro que Luzia indicou? E por que Mônica tinha que estar no mesmo curso de sua ex?

Por mais que a garota se esforçasse, a conversa não fluía. Falava de suas ambições: queria ser tradutora e trazer clássicos da América Hispânica para o Brasil. Davi não conseguia dissimular o menor interesse. Os flertes que tão bem conhecia fugiam de sua memória. Não imaginava que a bebida pudesse subir tão rápido. Apoiou-se numa cadeira. Por que tinha que ter pegado Luzia beijando um mestrando de Ciência Política atrás do refeitório?

Outra música tocava. Um rock virulento, cheio de guitarras, cantado por uma mulher.

— Você é uma garota sensacional, Mônica. Mas tenho que ir. Sabe como é, o carro é dos meus pais. Te vejo no protesto do Ernesto? — Tentou parecer inteligente ao se despedir.

— Com certeza. — Piscou o olho direito para Davi. — Num belo dia, vou fazer igual à letra dessa música que tá tocando, lindinho. Você receberá um telefonema meu e vou te contar como esse sonho de ser tradutora cresceu, e muitos outros.

Sorriu. Não avisou aos amigos que estava de saída.

Davi chutou uma das rodas dianteiras de sua Brasília. Suas tentativas de voltar à normalidade foram um fiasco acachapante.

Pouco após dar partida no carro, acendeu um dos cigarros guardados no porta-luvas. Abriu os vidros da janela para apoiar o braço na porta. Se as festas não fossem capazes de acalmá-lo, apelaria para os livros. Os colegas nunca entenderam como ler e pesquisar expulsava o nervosismo de sua mente. Nem ele mesmo entendia, para ser honesto.

Pegaria o Túnel Rebouças para voltar à Zona Sul, onde morava. O trânsito fluía bem para uma sexta-feira à noite.

Torcia para os pais não estarem em casa. Tomariam o seu carro se o vissem dirigindo bêbado.

Pelo retrovisor, viu um Opala se aproximando. O carro deixava um rastro por onde passava. Davi sentiu o cheiro no ar. Era preocupante que o odor de gasolina estivesse tão forte.

O veículo preto chegou perto da Brasília do estudante pela diagonal, chocando-se com parte da traseira, perto da porta do motorista. O cigarro caiu de sua mão, rolando pelo asfalto. Davi gritou palavrões e acelerou o carro. A escuridão do túnel não o ajudava a dar um jeito na situação.

Ao olhar pela janela, viu o motorista. Um homem loiro, por volta dos 40 anos, camisa azul abotoada até pouco abaixo do pescoço. Não o encarava, apesar dos movimentos óbvios que o punham como alvo.

À medida que acelerava, seu perseguidor acompanhava o ritmo que adquiria. Outra batida, e o farol da Brasília estourou. Cacos voaram pelos ares. No entanto, não havia marcas de acidentes no Opala. O veículo tinha o aspecto novo, como se tivesse sido recém-adquirido.

Tentou uma manobra arriscada. Acelerou outra vez. Quando saía do túnel, certificou-se de que o cinto de segurança estava firme. Freou subitamente. Sentiu o corpo ir para frente e voltar. O Opala seguiu adiante, como se não previsse o ocorrido. O rastro de gasolina não parou de cair do carro.

Davi deu marcha à ré e voltou. Pediria ajuda aos amigos. Talvez precisasse dormir na casa de Ernesto, mas esse seria dos males o menor. Enquanto virava o volante, chegou à conclusão de que queria nunca ter ido àquela festa idiota, mas tentou não pensar no assunto. Uma fuga não era momento para emoções indesejadas.

Após sair do túnel pela segunda vez na mesma noite, Davi viu o rastro de gasolina com discretas labaredas. Avaliou como encontrar soluções viáveis, mas não foi rápido o bastante.

Como se nunca tivesse ultrapassado Davi, o opala enlouquecido vinha da direção oposta a toda velocidade. O garoto virou o volante no momento em que o carro se chocou com o seu capô. Surpreendido pela trombada inusitada, não reagiu ao ver seu carro ser surrado outras vezes pelo veículo que o atacava sem nenhuma explicação racional.

Olhou para frente quando o veículo parou. Ele desaparecera. Sentia os braços latejando de dor. Sacudiu as mãos ao sentir pequenos calos surgirem nos dedos.

Vindo do túnel, o Opala ressurgiu e bateu em sua traseira, empurrando a Brasília no rastro de gasolina que o carro deixara minutos atrás. Pouco depois de ser jogado em meio às chamas, agora mais altas, Davi desmaiou.

À medida que o fogo consumia a Brasília, o calor em seu interior aumentava. Num dado momento, o carro explodiu. A fumaça negra subindo podia ser vista de longe.

Davi parou o opala próximo a uma ribanceira, local onde todos se despediam do carro. Seria o veículo assassino uma espécie de punição divina? Nunca encontrariam a resposta para essa pergunta. O acidente que provocara há algumas horas o libertaria. Josias o recebeu, assim como outros o receberam semanas antes. Apesar de pessoas poderem ver as suas silhuetas, suas carnes e ossos não estavam mais ali. Eram apenas sombras cristalinas do que foram um dia, preparando-se para partir desse mundo.

ENTRE LINCHAMENTOS E CRIANÇAS DESAPARECIDAS

Data de lançamento: 28/10/1995
Episódio nº 8
Título: Entre linchamentos e crianças desaparecidas
Produtora: Tupinifreaks - o outro lado do Brasil

(VINHETA DE ABERTURA DA SÉRIE DOCUMENTAL.)

O jornalista e apresentador ANTÔNIO MEIRELLES está sentado em sua poltrona enquanto as câmeras o focalizam, em diferentes ângulos, no estúdio preto. No telão do fundo, é possível ver fotos do caso que será apresentado no episódio de hoje. Sua fala é clara e lenta, sem grandes alterações no tom de voz.

ANTÔNIO
Revolta. Indignação. Dúvida. Esses são os principais sentimentos vivenciados pelos entrevistados de hoje. Você conhecerá a história de crianças que desapareceram ano passado, na Vila dos Feirantes, um bairro no subúrbio da Zona Sul de São Paulo. Mas a localização não é o único ponto que esses casos têm em comum. Além disso, o medo das pessoas à época resultou num crime bárbaro e que faz com que nos perguntemos: somos mesmo um animal racional? Podemos dizer que vivemos, de fato, numa civilização?

A primeira entrevistada da noite aparece. Na legenda, lê-se "Maria da Conceição (Conceição) - 57 anos, diarista". Vemos apenas um fundo marrom atrás dela. Enquanto ela fala, a imagem é alternada entre a mulher, as fotos do caso e uma encenação sem som, com atores simulando os acontecimentos.

CONCEIÇÃO
Eu tava voltando da minha cidade natal naquele dia. Sou de Cafundós, no norte de Minas Gerais. É, eu sei que viajar bem no dia da final da Copa do Mundo não é uma boa ideia, mas eu tinha uma faxina marcada logo na segunda-feira. Pobre não pode ficar muito tempo comemorando essas coisas, não. A vida sempre continua, não importa o que aconteça.

A Carolzinha, minha neta, foi comigo, porque eu queria que ela conhecesse a cidade onde eu e a minha filha nascemos. Como a menina nunca conheceu a mãe, achei que seria bom ela saber, pelo menos, um pouco da vida dela.

A Rodoviária do Tietê tava uma loucura. Nunca vi tanta gente vestida de verde e amarelo num lugar só. Deve ser uma coisa boa, né? Pelo menos na Copa as pessoas demonstram amar o país em que vivem. Falei pra Carol segurar a minha mão bem forte e não soltar por nada nesse mundo. Os fogos, apitos, tambores enlouqueciam a menina. Ela fazia cara de choro, mas não saía uma lágrima. A bichinha sabia fingir que era forte. Ainda bem que levei só uma mala mesmo, sei nem como ia carregar uma criança de oito anos pra lá e pra cá se tivesse levado meio mundo de roupas comigo.

O trem levou mais uma hora pra chegar até a Vila dos Feirantes. Porque quem mora em São Paulo sabe que é assim: é uma viagem pra voltar pra cidade e outra pra andar dentro dela! (Risos.) Meu marido tava no trabalho, ele era porteiro de um prédio, na Vila Olímpia, e lógico que teria trabalho dobrado durante a noite. Era um tal de chegar gente que não acabava mais, tudo pra comemorar o tetra com amigos e parentes. Eu sabia que não teria comida em casa, conheço o marido que tenho, então quis passar antes na Barraca do Jorjão, um amigo nosso que vende cachorro-quente numa pracinha, perto da nossa rua.

Eu conhecia muito bem os gostos da Carolzinha: mais mostarda do que ketchup, mais purê do que batata palha. Pedi pra ela se sentar no banco mais perto da barraca dele enquanto eu acertava com o Jorjão e pegava os lanches. Foi o tempo de pegar o dinheiro na bolsa e trocar uma meia dúzia de palavras com ele. Falamos da Copa, e ele comentou os detalhes do jogo. "A senhora tinha que ter visto, dona Conceição. Nunca vi decidirem uma final de copa nos pênaltis." Respondi que era gostoso pensar na Copa, mas que o Brasil teria outro desafio pela frente, as eleições em outubro. Como não queria falar desse assunto, ele se despediu com um sorriso e olhou para o cliente que estava atrás de mim.

Quando me virei, meu coração gelou. A Carolzinha não estava mais no banco. Chamei por ela, olhei em todas as direções e não a vi. Perguntei pros outros que estavam na fila se viram uma menininha bonita sentada no banco, mas não viram. Ninguém prestava atenção nisso na hora, a alegria do tetra não deixava ninguém ver nenhuma outra coisa. Percorri a praça gritando o nome dela, mas nem sinal. Entrei na rua da nossa casa, a menina também não estava lá. E ela jamais entraria sozinha, já que a chave tava comigo.

Nem sei como corri pra outra rua, paralela à nossa, pra procurar a Carolzinha. Não tenho mais forças pra isso. Deve ser o instinto, né? Vi uma casa com a lâmpada acesa e garagem aberta. Tocava axé no último volume, todo mundo fazendo churrasco e usando as cores do Brasil. Chamei um moço e descrevi a menina com todos os detalhes que consegui. Para a minha surpresa, ele disse que a viu. Ela andava na rua segurando a mão de um senhor, com cabelo e barba brancos e volumosos, usava uma camiseta azul velha, bem desbotada, calça preta e chinelo de dedo. Além disso, carregava com o outro braço uma mochila preta enorme apoiada nas costas. O moço disse que a minha neta não parecia assustada nem desconfortável na companhia dele. Caminhava normalmente, como se o homem fosse um conhecido qualquer.

Fui pra casa, troquei de roupa, deixei toda a minha tralha lá e peguei uma foto da Carolzinha. Mais tarde, disse pra mulher da delegacia que não ia sair de lá até dar o prazo pra eles começarem a busca. Algumas horas depois, quase pulei da cadeira quando o delegado disse que as buscas seriam iniciadas. Ele pediu pra eu ficar em casa, porque, além do caso estar na mão da polícia, se ela voltasse eu estaria lá pra recebê-la. Ainda bem que tem quem pense com a razão numa hora dessas!

Só o meu marido saía pra trabalhar agora. A patroa da faxina me dispensou, disse que arranjou outra diarista. Eu até tentei argumentar, falei que tinha o boletim de ocorrência pra mostrar, mas ela não quis me ouvir. É, a vida é assim, nunca é justa. Não bastasse a minha neta sumir, agora era uma faxina a menos.

Três dias depois, o pessoal da igreja veio rezar comigo, uma colega disse que o padre falou da Carolzinha na missa e que as pessoas da pastoral ajudaram a colar uns cartazes com a foto dela pelo bairro. A gente conhece as pessoas de bem no meio da desgraça.

No dia seguinte, o delegado veio me visitar. Conversamos sentados na sala mesmo. Encontraram uma mulher do bairro que viu a minha neta no dia do desaparecimento. A descrição do homem que acompanhava a Carolzinha era a mesma: velho, as mesmas roupas, a mesma mochila preta nas costas.

A polícia pensou em todas as possibilidades, mas não havia nenhum vínculo entre ela e o moço com quem falei aquela noite. Não era possível que ambos tenham feito algo juntos. Outro detalhe também chamava a atenção: os dois tinham visto tudo de longe e, por mais que reconhecessem a menina pela foto, não conseguiam dar informações claras o bastante sobre o sequestrador pra alguém desenhar um retrato falado.

Cinco dias depois, encontraram o corpo desfigurado de uma menina numa valeta. Eu não sabia o que sentir. A busca estaria chegando ao final, talvez. Era em parte alívio, em parte tristeza. Mas o delegado me alertou que o exame de DNA poderia ser negativo. Uma mistura de sentimentos borbulhava dentro de mim.

Passei a tarde andando pelo Jardins Floridos, um bairro aqui perto que tem fama de ser violento. Perguntaram se eu não tinha medo de ser assaltada lá, mas, depois que me tiraram a minha neta, o que mais poderiam tirar de mim? Vi uns dois homens que se encaixavam na descrição do sequestrador, mas eu nunca saberei dizer se era ele ou não.

O resultado deu negativo. Eu e o delegado conversamos novamente. Repeti algumas coisas que já havia dito: não tenho dívidas, não tenho inimigos, quem roubaria a minha neta assim? Dias atrás, um homem foi à delegacia e disse que tinha informações sobre o paradeiro da Carolzinha, mas eles estavam fechados, e o atendente, um rapaz novinho, implorou pra ele voltar no dia seguinte e dizer o que sabia. Mas ele não voltou. Quase bateram no moleque quando souberam do ocorrido. Que ele mesmo colhesse o depoimento, então! O delegado disse que a polícia seguiria investigando, mas percebi que o ritmo do começo das buscas não era mais o mesmo.

A minha filha, mãe da Carolzinha, já é falecida, sabe? Ela e o marido morreram num acidente de carro. Perdi a minha filha e agora a neta também. Mas é diferente. (Pausa. Começa a chorar e pega um lenço para se limpar.) Eu sei que a minha filha morreu, fui ao velório e enterro, é certeza. Mas e a minha neta? Onde ela tá? Não sei nem se tá viva ou morta. Se ela estiver morta, pelo menos eu saberei que ela tá com a mãe e poderia rezar por ela e viver o meu luto direito. Só que nem isso eu sei. Alguém sabe onde está a minha neta, por favor? Se souberem, podem vir falar comigo, não precisa nem envolver a polícia, eu juro… (Começa a chorar sem controle. Um dos entrevistadores oferece um copo d'água, e ela aceita apenas confirmando com a cabeça.)

Voltamos a Antônio Meirelles no estúdio. Sua postura segue a mesma. A câmera alterna entre focar a parte de cima de seu corpo e apenas o rosto.

ANTÔNIO
O caso de Carolina Raimunda, a Carolzinha, segue sem solução. Mas a história repercutiu e ficou conhecida em toda a capital, principalmente na região da Vila dos Feirantes. Veremos agora outro depoimento de uma história que aconteceu duas semanas depois. Acompanhe conosco a evolução desses relatos.

O segundo entrevistado aparece. Na legenda, lê-se "Ivo Braga - 42 anos, gari". Sua fala também é alternada com fotos de seu caso e outros atores simulando, sem falas, os fatos.

IVO
Depois da menina da Conceição desaparecer, outras duas crianças desapareceram na região. Eu e a Neuza, minha esposa, não demos a devida atenção ao que acontecia, acho que foi o maior erro das nossas vidas. Mas a gente tava tão feliz! Tínhamos acabado de nos mudar de Vinhedo, uma cidade aqui no interior de São Paulo mesmo. Fui chamado pra trabalhar como gari no Parque Ibirapuera, e ela seria secretária de uma prima que abriu um escritório de advocacia na Lapa.

Conseguimos alugar uma casa perto daquele prédio abandonado, onde era o Hospital Ladeira Lopes, aquele que fechou. É uma boa localização, mas não queríamos ficar na Vila dos Feirantes por muito tempo. O bairro é simples, mas posso afirmar, com certeza, que a maioria é gente de bem! Só que é longe de tudo; eu ficava uma hora e meia no trem pra chegar ao trabalho.

Eu e a Neusa chegamos cansados após mais um dia de serviço, e o Maicon, nosso filho, tava muito agitado. Queria ver o novo filme daqueles dinossauros falantes, como é mesmo o nome? Esqueci. Disse que os amiguinhos da pré-escola não falavam de outra coisa. Sabíamos que, se o menino ficasse na sala vendo televisão, ele nos daria um pouco de sossego, por isso decidimos ir nós três à locadora do bairro alugar a bendita fita. Prometemos pro moleque que faríamos pipoca também. Ele ficou muito contente! Não havia cansaço no mundo que nos impedisse de fazer qualquer coisa por aquele sorriso.

Agarramos a capa da fita assim que a vimos disponível na prateleira. A Neuza aproveitou pra pegar uma comédia romântica, e eu procurava algum filme de ação que valesse o dinheiro gasto ali. Deixamos o Maicon no corredor dos filmes infantis mesmo. Ele disse que não aprontaria nada, e acreditamos nele. Você tinha que ver, fora de casa o menino não dava trabalho nenhum. O atendente veio todo atencioso nos oferecer a promoção do dia, quatro filmes por três, e então a Neuza escolheu mais um com a ajuda dele. Ela pediu pra eu ir pro caixa enquanto ia buscar o Maicon no outro corredor.

A locadora inteira ouviu o grito da minha esposa. Nosso filho não tava mais lá. Deixei as fitas empilhadas no balcão pra ir atrás dela. O corredor de filmes infantis ficava perto de uma outra saída da loja, uma que dava pra esquina com a rua lateral. Ela olhava pra todos os lados, os carros seguiam sem qualquer alarde, apenas os gritos dela tiravam o recinto da normalidade. Lágrimas escorriam de seu rosto, e fiz o que pude pra acalmá-la. O atendente veio perguntar se ainda alugaríamos as fitas, e gritei todos os palavrões que conhecia, creio que até inventei uns novos também. Nosso filho sumido e ele querendo saber de fitas? Ah, vá se lascar!

Percorremos as principais ruas no entorno da locadora, mas não havia sinal algum do meu filho. As pessoas faziam caras de pena na rua quando as questionávamos, já sabiam o que poderia ter acontecido. Mas eu me recusava a acreditar que meu filho seria mais um a entrar para aquela lista de crianças que aos poucos se formava.

Conversamos com uma senhorinha sentada numa cadeira de balanço, no quintal da casa dela. Ela disse que viu um menino com as roupas do Maicon andando com um homem usando roupas velhas e a tal da mochilona preta nas costas. Era mais do que suficiente pra procurarmos a polícia.

O delegado quase surtou quando contamos a razão pra estarmos lá. A foto de Maicon se juntou às de outras quatro crianças, sendo três delas da Vila dos Feirantes e uma de outro bairro próximo. As poucas testemunhas que viam algo relatavam sempre o mesmo: o homem velho, pele enrugada, barba e cabelo brancos volumosos. As cores das roupas às vezes mudavam de um relato pra outro, mas eram sempre velhas, algumas até rasgadas. E nunca deixava de levar uma grande mochila preta nas costas. A polícia faria outras buscas perto da locadora, e fomos orientados a voltar pra casa.

Neuza dormiu no quarto do Maicon naquela noite. Ou melhor, passou a noite lá, pois não conseguiu dormir. Nem eu sei se dormi de fato ou se apenas fechei os olhos por um tempo. Mas despertei várias vezes. Bom, acho que não dá pra chamar isso de dormir, não é mesmo?

Só eu voltei a trabalhar. Minha esposa quis ficar em casa. Qualquer notícia, qualquer chance dele reaparecer precisava estar ao nosso alcance. A prima dela disse que o emprego estaria disponível quando ela pudesse voltar. Neuza aproveitou e fez alguns cartazes com a foto do nosso filho e espalhou-os pelo bairro. O dono da locadora autorizou a pôr um deles no seu estabelecimento.

Quatro dias depois, a polícia nos ligou. Pimba, como não pensaram naquilo antes? A locadora pertencia a uma franquia grande, havia câmeras no local e uma delas apontava direto pra entrada!

Parecia até uma pequena exposição de filmes caseiros. O delegado achou que era nosso direito ver a fita junto com ele pela primeira vez, também chamaram as testemunhas que viram o Maicon e as outras crianças andando com o tal velhote. Havia outros policiais envolvidos com o caso na sala. Acho que éramos umas quinze pessoas no total.

Puseram a fita no aparelho VHS. Neuza deu um pulo de susto quando as gravações começaram. Maicon estava no corredor de filmes infantis, rindo do cartaz de uma história sobre a amizade entre um humano e uma baleia. Pelo visto, dinossauros conversando era mais crível para o menino. Que interessante!

Vindo da esquerda, o homem apareceu. As testemunhas endossaram que era ele, o mesmo dos outros relatos, o tal do velho. Ele usava uma camisa desbotada, e a calça, também gasta, tava rasgada na região das panturrilhas. Vi, enfim, aquilo que ele carregava. Mas não me pareceu uma mochila, tava mais pra uma sacola grande ou algo assim. Fiquei espantado com o seu tamanho. Não pude deixar de pensar que cabiam umas duas crianças de cinco anos - a idade de Maicon - ali dentro.

Não disse uma única palavra. Meu filho se aproximou da saída e o encarou. Seu rosto estava calmo, não havia sinal algum de medo nele. Virou-se na direção oposta à da câmera, de modo que agora víamos apenas a parte de trás de sua cabeça. Neuza berrou pra ele sair dali, pra voltar pra junto da gente, mas era inútil. Precisei abraçá-la e lembrá-la que aquilo era uma filmagem de algo que já havia acontecido. Ela continuou chorando, com o rosto no meu peito.

Num ímpeto, o sequestrador olhou pra câmera. Ainda que sua face não expressasse nenhum tipo de emoção, vimos o brilho de seus olhos. Uma das testemunhas concordou comigo: havia algo de estranho no olhar dele. Algo… diabólico. Maicon saiu da locadora, pegou a mão dele e seguiram juntos pela direção oposta à que o homem veio.

Um dos policiais bradou que finalmente tinham uma pista concreta. Voltaram a fita e focaram os rostos. A silhueta de meu filho, usando uma camisa com estampa quadriculada, era nítida nas imagens. Era como ver uma foto sua, talvez a última que tiraram até hoje. Mas o rosto do velho permaneceu desfocado e quadriculado, como se a câmera o pegasse de longe. Digitaram o comando de aproximar de novo e de novo, nada. Num dado momento, o aparelho pifou. Uns diziam que era feitiçaria; uma testemunha apontou o indicador pra cima e manifestou toda a sua convicção de que eram extraterrestres. O delegado gritou que parassem de palhaçada e saíssem. Eu e Neuza fomos autorizados a ficar. Ele nos disse que, por mais que a imagem não estivesse lá essas coisas, já era um primeiro passo e tanto. Garantiu que conseguiria colocá-la na televisão. No fundo, eu sabia que aquilo não seria tão produtivo assim. A foto sairia ruim demais, o sujeito permanecia irreconhecível.

Lembro que, uns vinte dias depois, eu tava trabalhando lá no parque. Minha mão segurava a vassoura e pensei: era só pra isso que ela servia? Não sei mais pra que servem nem meus olhos e ouvidos. Se não me servem pra encontrar o meu filho, pra que os ter, então? (Faz uma pausa. Respira pesado e olha para o chão. Esfrega os olhos com os dedos.) Vi uma família feliz fazendo um piquenique, a minha vontade era de ir lá e interromper aquela alegria à toa, jogar a comida no chão e derrubar o refrigerante na grama. Você sabia que o meu filho sumiu do mapa sem deixar rastro? Que a polícia não faz a menor ideia de onde ele tá?

(Pausa. Olha para a câmera com mais atenção. Sua voz se torna mais grave e forte.) Sabe, eu me recuso a dizer "já era", "nunca mais", "pra sempre". É como se ele ainda estivesse vivo em algum lugar, vivendo uma história a qual eu não faço parte. Mas tenho a sensação de que um dia ele vai aparecer de novo, e eu farei parte da vida dele novamente.

Agora Antônio Meirelles está de pé. Anda pelo estúdio, mas sem perder a postura de jornalista. Sua fala continua limpa e polida.

ANTÔNIO
Pouco após o sumiço de Maicon, mais seis desaparecimentos foram registrados na Vila dos Feirantes e seus arredores. Agora eram, ao todo, onze. (Ele para. A câmera foca seu rosto.) O número de pessoas que afirmavam ter visto o tal homem com a sacola nas costas aumentava. No entanto, a polícia não conseguia traçar nenhum caminho que os levasse a acreditar que havia alguma conspiração entre elas. Além disso, o pânico provocou outro fenômeno que a delegacia responsável não estava preparada para enfrentar: os boatos e mentiras ditas pela própria comunidade. As razões para tais testemunhos falsos eram muitas. Medo, irracionalidade, ignorância, má-fé. O trabalho para filtrar os depoimentos foi difícil. E toda essa atmosfera de histeria teve trágicas consequências.

A terceira entrevistada está sentada no fundo marrom. Na legenda, lê-se "Ana Francisca - auxiliar de enfermagem, 36 anos". As fotos e simulações com novos atores seguem o mesmo padrão.

ANA FRANCISCA
Bom, lógico que dava pra entender o pavor das pessoas, né, porque ninguém sabia o que tava acontecendo com aquelas crianças. Não sabíamos se elas tavam vivas ou mortas, onde elas tavam, com quem. Os adultos não deixavam os filhos sozinhos

por nada nesse mundo, a criançada tava sempre no campo de visão de pais, tios, avós, irmãos mais velhos. (Gesticula com as mãos para os dois lados.) A gente não via mais os meninos brincando na rua; até mesmo os maiores, com 12 ou 13 anos, que nem eram o alvo dos desaparecimentos, ficavam dentro de casa. Uma amiga minha chegou ao ponto de dormir com a filha de nove anos no mesmo quarto durante uns três meses. Mas ela nunca foi muito boa das ideias, então não é parâmetro.

A situação passou a ficar complicada quando começaram as acusações na rua. Duas mulheres viram um mendigo empurrando uma carrocinha cheia de sacos dentro e enlouqueceram: o acusaram de ser o velho que levava as crianças e tacaram uns tomates nele. O coitado foi pra delegacia detido, mas o soltaram por falta de provas. Falaram lá no salão de cabeleireiro da Keila que ele era muito simples, não sabia dizer direito as coisas que queria. Olha, foi um milagre ele ter sido solto com a justiça que a gente tem nesse país, viu?! Aposto como o delegado já tava doido pra prender alguém, pra ver se acalmava a população.

Eu falei pro meu pai tomar cuidado na rua. Velho, cabelo branco, barba branca, carregando barraquinha de pipoca pra baixo e pra cima e vendendo em porta de escola: coisa boa que não ia dar. Mas quem disse que ele me escutava? Ele era xucro demais - não por maldade, mas porque tinha outra cabeça, outro sistema. O seu Manoel era de São Moreira, lá do interior do Mato Grosso do Sul, e veio parar aqui em São Paulo. Mesmo sendo meu pai, seu Manoel era um jeito carinhoso como eu o chamava de vez em quando.

Então, ele reclamou um dia que umas crianças da escola inventaram que tinha cocaína na pipoca dele e era por isso que era tão boa, todo mundo comprava. Ah, mas o homem ficou tão bravo! Logo o meu pai, que nunca botou uma gota de álcool na boca, quem dirá essas porcarias que tem por aí.

Recebi uns telefonemas não sei de quem falando que sabiam a verdade. Diziam que, se o meu pai revelasse onde tavam as crianças ou o que tinha feito delas, a revolta do povo seria menor. Na hora mandei todos pro quinto dos infernos e pedi que parassem de repetir uma barbaridade daquelas. Eles sempre diziam que a polícia tava junto com eles e que a gente "ia ver só". Ver o quê, cara-pálida?

Sentamos eu e a Domingas, minha irmã, pra conversar com ele. Pai, tamos preocupadas com você, só queremos ajudar. E não é que o abençoado ainda gritou com a gente? Eu disse que lavava as minhas mãos, fiz o que tava ao meu alcance. Você imagina a situação, querer ajudar e ainda ouvir desaforo? Então...

Meu pai foi pescar com os amigos em Santos, no final de semana. O seu Manoel vivia dizendo que, se fosse pra morar perto da praia, tinha que visitá-la sempre que possível. Ouvi muitas vezes a história sobre a primeira vez que ele viu o mar. Foi com ele que aprendi a ver a beleza daquela imensidão azul, porque pra mim o litoral sempre foi tão normal, né? Ir pra praia todo final de ano e tal.

Enfim, ele voltou só no domingo à noite e com uma aparência horrível. A barba gigante, cabelo desgrenhado, as roupas todas sujas precisando lavar. Não falei nada, só olhei feio.

Fui trabalhar cedo no dia seguinte, precisava fazer hora extra no postinho pra ajudar a pagar a prestação do portão novo. Só fiquei sabendo de tudo quando voltei do serviço, mais pro final da tarde. Entrei na sala e a Domingas veio me abraçar, chorando. Dizia que não conseguiria falar, que lhe faltava coragem. Como irmã mais velha, tomei as rédeas ali, na hora. "Desembucha, criatura!" Era melhor, talvez, eu nem ficar sabendo. Tem vezes que, olha, a ignorância é uma bênção, viu? Pra começar, ela própria só descobriu quando um vizinho a chamou da rua.

A Domingas ia lavar a roupa de todos da casa, e lógico que pretendia começar pelas do pai. Mas a pilha tava tão grande, que não ia sair da frente do tanque tão cedo. Ela pediu pro pai ir à padaria comprar pão, e o Caio, filho dela, foi junto. Meu sobrinho já tava cansado de ver desenho.

Sem que a minha irmã visse, o pai catou um saco preto cheio de latinhas e saiu com o menino. Ia trocar por dinheiro com um sucateiro do bairro; era uma forma de lucrar com as latinhas de refrigerante que o povo comprava, tomava perto da barraca dele e jogava fora ali mesmo.

As pessoas… (pausa) têm a mania de se meter onde não devem. Primeiro um moleque da escola perguntou aos berros se ele ainda comprava cocaína com o traficante do Jardins Floridos. Meu pai respondeu pra ele parar com essas mentiras, mas o imbecil insistiu nessa história das drogas na pipoca. E ainda disse que tinha pinga misturada no refrigerante dele. Uma mulher passou na rua e viu a cena. Apontou o dedo pro seu Manoel e disse que ele tava levando o menino embora, que agora o encontraram e não tinha como ele fugir. A cretina foi a primeira a puxar o Caio e falar pro pai se afastar dele; disse que esse pesadelo ia acabar e que ninguém ia tirar o pobre menino da família dele. Meu sobrinho até tentou argumentar - e ela nem deu bola. Queria tanto defender o Caio, mas não tava nem aí pro que ele tinha a dizer. Vai entender…

Uns caras subiam a rua e viram a confusão. Ela apontava e dizia que era ele que levava as crianças. Um dos brutamontes que tava junto foi o primeiro a empurrar o meu pai. Imagina, o seu Manoel era um homem de idade! Caiu e o saco rolou no chão. Quando viram o saco preto, passaram a ter certeza da acusação. Deram um chute na cara do pobrezinho, aí foi caminho sem volta. (Pausa. Respira fundo, e algumas lágrimas vêm aos olhos.)

Foi chute, soco, pegaram um cabo de vassoura que tava numa lixeira ali perto e acertaram a barriga dele com tudo. O pai gritava, pediu pra parar, e foi ele próprio que parou. Não conseguia mais falar. A camisa ficou encharcada de sangue, até dente caiu na calçada. Mais pessoas apareceram e gritavam pra bater mais, que o sequestrador das crianças tinha sido pego, que a justiça seria cumprida.

O seu Manoel já tava inconsciente, mas um idiota ainda pegou a cara dele e esfregou no asfalto. O Caio, tadinho, chorava aos berros, soluçava, e a desgramenta da mulher que incentivou aquela crueldade teve a pachorra de tentar acalmar o menino. Repetia que foi pro bem dele, que tavam protegendo ele. Agora me fala: como fica o psicológico de uma criança de primeira série depois de assistir a uma cena dessas? Me fala!

Só pararam quando um vizinho apareceu e ameaçou chamar a polícia. Os covardes correram ligeiros, só ficou a tonta lá dizendo que tinha ajudado a salvar o garoto. O vizinho olhou chocado a cena toda e confirmou a versão do meu pai: conheço o seu Manoel, conheço o menino aí, que maluquice é essa? Ela ruborizou e saiu correndo.

Eu olhava aquela cara inchada e não conseguia ver o pai ali. Só pude reconhecê-lo pela roupa mesmo, e porque me passaram toda a história de novo no hospital. Por uma intervenção divina, ele chegou lá com vida.

O Caio não falava uma palavra desde então. Tava amuado num canto, abraçado com a mãe. Domingas foi mãe solteira, e o seu Manoel ajudou a segurar a barra. Claro que ela ouviu sermão quando contou que estava grávida e que o pai da criança não queria se casar. Nosso pai a deixou um tempão de castigo, mas não a expulsou de casa. Por mais que ele tivesse vontade, sem teto é que o neto dele não ia ficar. E não é que ele se afeiçoou ao menino? Os dois eram um grude só. E agora? Sem pai e sem avô? Não basta um único sofrimento na vida de uma criança inocente, agora mais um?

O velho não resistiu. O óbito aconteceu no quarto dia de internação. Só alguns amigos e parentes próximos foram ao velório e enterro, mas também só foi quem interessa. Porque na vida é assim, a gente acha que tem muita gente do nosso lado, mas é só na hora do "vamo vê" que se descobre quem tá mesmo. Ver o Caio chorando, aquele toquinho de gente, foi de cortar o coração. A cara triste, ele fungando entre uma lágrima e outra. Há quem diga que as crianças não sabem de nada, mas o fato é que elas entendem das coisas muito mais do que a gente imagina. A Domingas até foi à escola, depois, explicar por que ele faltou tanto depois do enterro.

Fui à polícia depois falar com o delegado. Queria justiça pro seu Manoel! Conversa com um e com outro, tavam na rua atrás dos culpados. Acharam a vagabunda que insuflou o crime e dois dos carniceiros que arrebentaram o pai. Cadeia pra todos eles. Não encontraram os outros, mas me dei por satisfeita. Ficar remoendo essa história não traria o pobre coitado de volta.

Também troquei uma ideia com o delegado. O homem teve boa vontade, até mostrou algumas informações sobre os desaparecimentos pra mim. Deu um aperto no peito descobrir que até álibi o meu pai tinha. No dia em que o filho do Ivo sumiu, meu pai tava na igreja; chamei até o pastor e uns irmãos pra confirmar. Outra criança desapareceu no aniversário do Caio, aí não faltou testemunha pra atestar que ele deu um carrinho com controle remoto pro neto no dia da festinha.

Uns dez dias depois do enterro, a sobrinha da Gertrudes, uma vizinha minha, não foi vista na saída da escola. Foi um auê só! Um casalzinho de adolescentes que namorava num beco ali perto jurou de pés juntos que viu a garota andando com o velho da sacola preta nas costas. Perguntaram por que não impediram, e o menino garantiu que foi tudo muito rápido, nem deu tempo de agir. Talvez seja verdade, né, vai saber...

Três dias depois, outro menino desapareceu. Quinze dias depois, outro. No dia em que mais uma menina sumiu, uma mulher tava dando uma festa na garagem da casa dela e tirou uma foto na hora de cortar o bolo. Dias depois, percebeu que, no fundo, a menina andava com o traste que sumia com as crianças. Tava lá, do jeitinho que sempre descreviam. Mas, como sempre, dava pra reconhecer a criança; ele, não.

Pra você ver, essa história toda continuou, mas sabe o que não continuou? Meu pai. A escola do bairro nunca mais teve outro homem vendendo pipoca na saída da escola. Não faltava gente pra dizer agora que ele era inocente, que o que aconteceu não tinha nenhuma explicação aceitável.

Ainda havia uma meia dúzia que insistia no assunto. Ligaram pra casa e disseram que meu pai virou uma assombração, que mesmo depois da morte ele não ia parar. Falaram, dando risadinhas, que só o sacrifício de um parente podia fazê-lo ir pro outro mundo de vez.

Joguei o telefone na parede quando escutei isso. Ah, não sou boba nem nada. Conversei com a Domingas e decidimos mudar de bairro. Até troquei de número e tirei os nossos nomes da lista telefônica da região. Tem quem diga que fizemos tudo isso por ter culpa no cartório. Mas é melhor que só fofoquem do que eu continuar morando na Vila dos Feirantes e correr o risco de ser morta.

Esses dias a Domingas disse pra mim que quem tem bom senso sabe que nosso pai era inocente, que provas não faltam. Olha, pra ser bem honesta, eu preferia que ele estivesse vivo com todo mundo achando que ele era culpado a ele ser inocente estando enterrado num cemitério. (Olha para a câmera. Os olhos continuam vermelhos e marejados.)

Voltamos a Antônio Meirelles no estúdio. Sentado da poltrona, fala olhando para a câmera.

ANTÔNIO
Os casos de desaparecimentos relacionados à figura misteriosa aqui descrita cessaram apenas no final de outubro de 1994. No entanto, o pânico por eles gerado segue até hoje na região e se espalhou por alguns bairros de São Paulo. Caso saiba de alguma criança desaparecida, não hesite em fazer uma denúncia às autoridades. Sua identidade será sempre mantida em sigilo. Este foi o episódio de hoje. Esperamos vê-los de novo no próximo episódio de Tupinifreaks - o outro lado do Brasil. Até lá.

(VINHETA DE ENCERRAMENTO.)

OCUPAÇÃO

Após o jogo de futebol com os outros alunos da ocupação da Escola Estadual de Ensino Médio Camargo Rocha, Mauro foi para o vestiário com os jogadores de ambos os times. O rapaz saiu do banho quando o local já estava vazio. Enquanto se secava, sentiu-se aliviado ao olhar para o espelho e não ver nada de mais, mesmo após os recentes acontecimentos. Vestiu uma camiseta de manga comprida, calça preta e um par de sapatênis velhos. Falaria naquela noite sobre os relatos que coletara de alguns alunos com os estudantes que lideravam o movimento estudantil.

Ao chegar ao pátio, viu uma amiga sentada num banco.

– Ai, que demora pra se embelezar, viu? – resmungou Bianca, a única menina que jogara futebol com eles. Ela tomou banho no vestiário feminino. Mauro notou que a calça tactel da garota estava rasgada na altura dos joelhos.

— Não enche, Biancão! Cadê os outros?

— Daqui a pouco estão aqui. O Otávio disse que não vai participar da reunião. Foi pegar umas roupas lavadas com a mãe dele no tubo Enedina Alves, na avenida.

Gabriela e Geovani vieram ao encontro dos dois pelo corredor principal. Avisaram que já podiam ser recebidos no QG da ocupação. Conversaram em poucas palavras sobre como abordariam o assunto que pretendiam discutir.

Sentiram uma corrente de ar fria envolver seus corpos enquanto andavam pelos corredores. Bianca colocou o capuz de sua jaqueta de moletom. Era mais uma das noites geladas de Curitiba.

As paredes continham cartazes com frases de efeito típicas da ocasião. *Não à reforma do Ensino Médio. Os estudantes não têm nada a Temer. Essa reforma te deforma* (trocadilho do Geovani). *Fora, PEC da morte. Respeita as manas, as minas, as monas. Ocupação sem preconceitos.* Além desses, havia também informes com as atividades do dia, como rodas de poesia, batalhas de RAP e um torneio de damas, e as escalas dos alunos responsáveis pela limpeza e o preparo das refeições diárias – o almoço daquele dia, por exemplo, fora pão com vina.

Bateram à porta do QG. Vitor, um garoto de olhos azuis e um sobrenome polonês que ninguém sabia pronunciar direito, recebeu-os. Ana Beatriz e Eduardo conversavam sobre questões relacionadas às ocupações das escolas.

— Soube que o número de escolas ocupadas não para de aumentar. De acordo com as *hashtags*, estamos entre os tópicos mais discutidos no Paraná nesta semana. — Eduardo segurava um *tablet* enquanto falava.

— Às vezes, eu me pergunto o que dirão dessa forma de protesto no futuro. Entenderão os motivos de nossas reivindicações ou dirão que tudo isso foi apenas uma balbúrdia qualquer? — Ana Beatriz gesticulava os braços com gestos expansivos enquanto falava. Usava uma camiseta estampada com três rostos de cachorrinhos. O primeiro, da esquerda para a direita, usava as patinhas para tampar a boca. O segundo, as orelhas. O terceiro, os olhos.

— Só o tempo nos trará essa resposta. Por enquanto, o presente já nos ocupa o bastante, com o perdão do trocadilho. — Eduardo olhou para os alunos que chegaram. — Escutem, passei a tarde planejando uma reunião com os demais secundaristas negros pra falar sobre como nos inscreveremos no vestibular usando as cotas raciais. Você quer me ajudar, Mauro?

— Olha, sei que essa discussão é importante, mas não viemos falar disso hoje.

— Então o que vocês querem conversar com a gente? — indagou Ana Beatriz.

Com o intuito de quebrar o gelo, Bianca pensou em fazer mais uma piada previsível sobre a magreza de Ana Beatriz, mas se conteve. Queriam demonstrar que não estavam de brincadeira.

Gabriela tomou a palavra.

— Antes de mais nada, juro que estamos falando sério. Não queremos tirar com a cara de ninguém. É que alguns estudantes nos contaram umas coisas meio esquisitas que andam acontecendo aqui. Vou começar comigo mesma. Vocês sabem que pedi pra ficar só na limpeza porque sou um desastre na cozinha. Eu tava passando pano no banheiro feminino do segundo andar e vi um anel caído no chão de uma das cabines. Abaixei pra pegá-lo e, quando olhei sem querer por um dos vãos entre elas, vi dois pés horrorosos, com unhas encravadas e imundas e a pele toda quebradiça. Primeiro achei que fosse a Bianca — foi a única que riu da própria piada. A amiga se levantou e reclamou; Vitor teve que acalmá-la —, mas aí eu olhei na cabine onde estavam os pés e não vi ninguém. Juro, ninguém mesmo. Foi naquele dia que vocês me viram chorando feito uma louca no banco da porta da biblioteca. Olhamos depois cada uma das cabines e não tinha ninguém naquela porcaria de banheiro.

— É, é verdade — disse Geovani, entrando na conversa —, e outro dia passamos na frente de outro banheiro, ouvimos um barulho muito alto, parecia que alguém tinha caído ou algo do tipo. Entramos lá e não tinha ninguém nem nada no chão que justificasse aquele estrondo. Fui examinar o cano de uma das pias e, quando eu tava de costas, senti um vento, como se alguém tivesse passado atrás de mim. O Mauro e o Renan tavam na porta, não dava pra ser um deles.

— Então, vocês querem chegar aonde exatamente com essas histórias? — indagou Vitor.

— Que tem alguma coisa errada nos banheiros — Mauro falou pela primeira vez. — Lembra aquele dia em que a Sabrina e a Petra saíram correndo de dentro de um banheiro e escorregaram na entrada da quadra? A escola inteira ouviu os gritos delas. A Petra viu, pelo espelho, um vulto puxar o cabelo da Samanta.

— Mas você sabe como a Sabrina é escandalosa, né? Vive rindo e gritando por qualquer bobagem — questionou Ana Beatriz.

— O que sei é que estamos diante de um problema e precisamos de uma solução.

— Eu sei bem qual é a solução de vocês. Filmar alguma palhaçada idiota e mandar para aquele canal cheio de vídeos medonhos do YouTube, o Tupinifreaks, né? Essa seria mais uma para aquela coleção de bizarrices deles... — começou Eduardo.

— Tá me tirando, piá? — Mauro levantou o tom de voz.

— Gente, calma — Ana Beatriz tentou apaziguar os ânimos. — Estamos atravessando um período difícil, e não é o momento pra brigas. Todos temos as nossas dificuldades. Sabe, até perdi a missa de um ano do falecimento da minha tia pra estar aqui. Se eu pudesse, nem estaria nessa ocupação. Estaria com a minha poodle, a Frida, passeando no Parque

Barigui pra distrair a cabeça. Mas estamos unidos por um bem maior. Antes de pensarmos numa solução, não posso deixar de me perguntar: cadê esses alunos?

Geovani respondeu:

– Todos têm os seus afazeres aqui, Ana. A Samanta e o Renan precisam acordar cedo pra fazer o café da manhã, a Petra tava até agora conversando com aquela cantora famosa de Londrina, a Florência, pra ela agendar um *show* acústico pros estudantes da nossa ocupação, o Otávio...

– Só acho estranho – Vitor andava pelo QG – vocês quatro estarem aqui. Justo os alunos que colocaram pó de giz no sanduíche do professor de Biologia no mês passado. Não me levem a mal, mas vocês já deram provas de que não são de confiança.

Bianca riu ao lembrar do episódio.

– Qual é, gente? Eu já pedi desculpas, e levamos suspensão. O que mais falta pra gente se redimir? – perguntou Mauro. – Foi uma brincadeira imbecil, mas é passado. E outra, estamos juntos nessa ocupação ou não?

Após o seu questionamento, a sala se transformou numa confusão de gritos. Não era mais possível entender o que diziam.

– CHEGA! – Eduardo bateu a mão numa carteira. – Minha sugestão: marcaremos uma reunião pra amanhã de manhã com todos da ocupação pra tratar desses problemas. Entenderam bem? To-dos! Espero que a gente consiga terminá-la antes das onze horas, pois nesse horário a Ana Beatriz fará uma reunião com os secundaristas veganos. – Tirou uma caneta de seu penal e anotou a nova pauta em seu caderno.

– Acho que chegamos a um consenso – Ana Beatriz endossou a fala do amigo.

O quarteto não saiu satisfeito da sala. Bianca resmungava no corredor enquanto Gabriela passava as mãos pelos cabelos, preocupada.

— É óbvio que eles não nos levaram a sério — disse Geovani. — Viram a cara da Ana Beatriz?

— E eu tentei ser o mais lúcida possível — falou Gabriela. — Credo. Não gosto nem de lembrar do dia em que vi aquela assombração no banheiro.

— Já sei o que faremos — Mauro anunciou. — Todos esses episódios ocorreram quando estávamos sozinhos. As únicas que viram juntas a coisa foram a Petra e a Sabrina, mas elas ainda estão muito abaladas. Proponho que nós quatro entremos juntos num banheiro pra investigar. Faremos tudo juntos: examinar cada cabine, cada espelho...

— Eu é que não sou louco de entrar no banheiro agora, ainda mais que já anoiteceu e... — Geovani argumentava quando foi interrompido por Bianca.

— Eu topo.

— Percebo que não tenho outra opção, né? — Gabriela respirou fundo.

— Tá bom, vou com vocês. Alguém precisa proteger essas duas, afinal. — Geovani tentou contornar a situação.

— Ah, não vou precisar nunca de um frouxo desses pra me proteger! — Bianca encarou-o.

— Agora que chegamos a um consenso — Mauro imitou Ana Beatriz com ironia. Todos riram —, vamos nos encontrar na porta do banheiro feminino às onze horas. Aquele que a Gabriela limpou. Eu e o Geovani arranjaremos umas lanternas. Tentem não fazer barulho e não comentem a nossa decisão com ninguém.

Prepararam-se para entrar no recinto. Buscariam uma saída para o conflito iminente. Não queriam mais depender de um pequeno grupo de estudantes que dizia representá-los, mas não demonstrava o menor interesse em ouvi-los.

A porta não estava trancada. Ao entrarem no banheiro, ficaram a centímetros de distância uns dos outros. Gabriela reclamou que Geovani pisou em seu pé. O colega, constrangido, desculpou-se. Bianca tropeçou numa lixeira, e a sua queda causou um estampido que ecoou pelo recinto.

— Biancão, quer fazer silêncio, por favor?! — Gabriela sussurrou.

— Não é culpa minha que esse lixo tava aqui! — disse a amiga, sem se dar conta do duplo sentido da palavra. Ela ainda estava de joelhos, passando as mãos nas pernas para diminuir a dor.

— Levanta logo e para de reclamar — Mauro interveio.

— Vou parar de reclamar e enfiar a mão na tua cara!

— Gente, gente... GENTE! — Geovani chamou a atenção dos colegas. Quando pararam de brigar, seguiram a sua lanterna na direção em que ele a apontava.

Uma das cabines estava aberta. Não havia privada e descarga no cubículo, como era de se esperar. O cômodo dava para os fundos de uma sala de aula escura. As carteiras e cadeiras estavam enfileiradas com uma precisão que eles jamais viram na escola. A mesa do professor localizava-se na frente do quadro-negro, que permanecia sem nenhum conteúdo escrito. Mesmo à distância em que estavam, eram capazes de ver teias de aranha por todo o teto. Viam a poeira do chão a olho nu. No outro extremo da sala, outra porta fechada os fitava.

— Co-como isso é possível? — Perguntou Bianca, levantando-se.

— Vocês tão vendo o mesmo que eu? — Gabriela estava de queixo caído.

— Meio difícil alguém não ver isso, né? — Mauro cruzou os braços.

— E agora? Vamos chamar os outros pra ver a nossa "palhaçada"? — Geovani fez sinais de aspas com os dedos.

— Boa ideia. Mas acho que alguém tem que ficar — Gabriela sugeriu. Virou-se em direção à porta do banheiro para sair.

— Eu vou também! – disse Geovani, acompanhando Gabriela.

— Novidade. Depois ainda diz que quer proteger alguém – Bianca sorriu, sarcástica.

— Tô protegendo todos ao ajudar numa solução; é melhor do que só apontar o dedo... – Geovani mais uma vez se justificou.

— Parem de brigar por esses pormenores, cruzes! – Mauro começava a perder a paciência.

Ouviram um ranger de porta, mas nenhuma delas se moveu no interior do banheiro. Olharam para a cabine de novo. A privada tornou a aparecer. Voltaram a discutir sobre chamar os líderes ou não e, num momento de distração, perceberam que a sala de aula reapareceu.

— Não chamaremos o pessoal, então, se é o que querem. Mas, se viemos até aqui, não vejo sentido em só olhar essa sala de aula. Não deveríamos ver o que tem nela? – Geovani interpelou.

— Ah, até que enfim uma demonstração de coragem – Gabriela ergueu as sobrancelhas.

— Eu e a Biancão entramos, e vocês ficam na porta, pode ser? – Mauro sugeriu.

— Não fico aqui com o Geovani, jamais, nem pensar. Se der algum problema, tô ferrada com ele. Vou junto. – Todos se surpreenderam com a decisão de Gabriela.

— Tudo bem ficar sozinho na porta? – Mauro perguntou.

— Depende – Geovani pronunciou a palavra com um forte sotaque curitibano. Seus pais e avós nasceram e viveram na cidade a vida inteira. – O que eu faço se vocês sumirem aí dentro?

— Chama os outros. Mas põe uma lixeira pra impedir a porta de bater. Não que isso ajude em muita coisa, mas...

— Beleza. – Levantou a mão direita com o indicador e o dedão formando um círculo, em sinal de acordo.

O trio entrou na sala. Seus passos levantavam a poeira do chão, o que provocou espirros em Gabriela e Bianca. Mauro tateou as carteiras, mas não viu nada de atípico nelas. Chegaram próximo ao mural de recados. Não havia nada fixado nele. Viram apenas marcas de ferrugem nas tachinhas.

— Essa sala de aula deve estar abandonada há muito tempo. Mas, tirando isso, não tem nada de anormal aqui — constatou Gabriela.

— Uma sala de aula aparecer de repente num banheiro é anormal o bastante pra mim — respondeu Bianca.

— Ahn? Geovani, o que você tá fazendo aqui? — Mauro viu o colega atrás de Gabriela. Ele estava de cabeça baixa. Seus olhos, desfocados, pareciam olhar para o nada. Ao ouvir a voz do amigo, levantou o rosto e voltou a si.

— Ah, eu... como eu vim parar aqui? — Ele parecia de fato não saber essa informação.

— EU FALEI PRA VOCÊ FICAR NA PORTA, DESGRAÇA! — Mauro o pegou pelo colarinho da camiseta. Geovani agarrou os pulsos do colega, tentando tirá-los de suas vestes.

— Sai de cima de mim, seu comédia! — Geovani reagiu. — Eu tava na porta. Só que agora tô aqui, sei lá por quê.

— A porta, pessoal! — Bianca sinalizou.

Ao olharem para a porta que dava para o banheiro, viram que ela se fechava lentamente. Mauro soltou Geovani e correu em direção à porta, mas não chegou a tempo. O barulho dela batendo produziu um som grave e ressoante.

Mauro e Bianca forçaram a maçaneta para abri-la. Nada conseguiram. Socaram a porta enquanto gritavam palavrões e tentaram arrombá-la, sem sucesso. Pegaram uma cadeira e, usando o encosto, arremessaram-na em direção à porta. Ela permaneceu intacta.

— Por que você saiu de perto da porta, asno?! — Mauro empurrou Geovani.

— Para de me culpar. Já disse que eu tava colado na porta. Só que, no outro segundo, fui parar perto de vocês. Não tenho ideia de como isso aconteceu. Você acha que eu queria estar aqui?

— Sei lá, vai ver queria...

Ao ouvir essa insinuação, Geovani deu um soco no rosto de Mauro. O jogador de futebol caiu numa das cadeiras. Ao se levantar para revidar o golpe, Bianca entrou no meio, interferindo:

— Parem de brigar. Se dar socos em alguém fosse abrir a porta, eu é que já tinha batido em vocês dois.

— Ah, não me segura! Porque eu vou revidar...

— Cadê a Gabriela? — Geovani olhou para os lados.

— Não tenta fugir da surra que vou te dar — Mauro reagiu.

— É sério — Bianca interveio de novo. — A Gabriela... sumiu.

Os três olharam para a direção em que Gabriela estava, mas nada viram. Ouviram o som de uma risada infantil e aguda. *Ehéhéhéhé, Ehéhéhéhé.*

Gabriela ouviu os colegas correrem em direção à porta quando esta se fechou. Por um reflexo, virou-se para olhar o quadro-negro mais uma vez. Ao voltar-se para os amigos, com o intuito de ajudá-los, eles não estavam mais ali. Ofegava de desespero. Quando conseguiu raciocinar com clareza, percebeu que a sala de aula desaparecera.

Estava no corredor escuro de uma escola que não era a sua. As portas permaneciam encostadas. Ao dar alguns passos tímidos, enfiou os tênis rosa numa poça vermelha. O líquido gelado respingou em sua calça. Gritou ao sentir o choque de temperatura em seu corpo.

Ehéhéhéhé, Ehéhéhéhé.

Os risos vinham de trás dela. Virou-se para ver o que ria. Uma garotinha menor do que Gabriela estava de costas para ela. Devia ter em torno de oito ou nove anos. Estava descalça e seus cabelos loiros quase tocavam o chão.

Paralisada pelo medo, Gabriela não era capaz de esboçar uma reação qualquer que fosse. A garotinha voltou-se para a estudante. Gabriela viu seu rosto marcado por diferentes cortes, todos profundos. Seria necessário aplicar várias suturas em sua face para conter o avanço dos ferimentos. Um inseto rastejante saiu de uma das aberturas no rosto dela e entrou em outra.

Ao gritar, Gabriela deixou sua lanterna cair sem querer no chão.

— NINGUÉM SAI DE PERTO DE NINGUÉM! — Mauro puxou Bianca e Geovani pelos punhos. Deixou a briga para outro momento.

— Me solta! — Bianca balançou o braço.

— Eu só não quero perder vocês de vista. Olha o que aconteceu com a Gabriela!

— Já disse pra me soltar.

— Só tenta não apertar meu pulso com tanta força, por favor. — Geovani entrou na conversa.

Andaram pelos corredores formados por carteiras. Geovani sugeriu que fizessem um círculo, de modo que qualquer incidente que viesse a ocorrer na sala ficaria no campo de visão dos três. Entrelaçaram os braços uns nos outros para que não se soltassem. Mauro olhava para o quadro-negro, enquanto os demais encaravam as paredes da sala e a porta por onde entraram.

— Maldita hora em que o Geovani falou pra gente entrar aqui — disse Bianca.

— Não vem que não tem. — A irritação era perceptível em sua voz. — Não é como se eu tivesse colocado uma arma na cabeça de vocês e empurrado todo mundo pra cá. Vocês são bem grandinhos e concordaram em entrar.

— Serei grata se você souber como tirar a gente daqui — Bianca desconversou.

— Se eu soubesse, já tinha tirado — Geovani resmungou.

— Será que a Gabriela foi ver o que tinha na outra porta? — Bianca perguntou.

— Mauro? Cadê o Mauro? Não tô sentindo o braço dele — Geovani virou-se para vê-lo. Tal como Gabriela, ele sumira.

Mauro acreditou ver o giz levitar, próximo ao quadro-negro, para escrever. Os amigos discutiam bobeiras e, quando pensou em pedir para olharem na mesma direção que ele, percebeu que estava sozinho numa quadra de educação física.

Não havia ninguém nas arquibancadas. A tinta que marcava os limites da quadra estava esmaecida. Mauro viu, nas paredes, rachaduras que iam até o teto. Ferrugens carcomiam as traves dos gols e as cestas de basquete.

Uma sombra movia-se independente no chão da quadra. Acompanhou-a com os olhos enquanto ela seguia rumo a um dos gols. De dentro do espectro negro saiu uma bola de vôlei que quicava solitária. Ela saltou na direção de Mauro. Ao ver uma porta, o garoto correu até ela com o intuito de fugir, mas ela não abria. A bola o atingiu na barriga. Ele caiu de joelhos no chão. Conseguiu agarrar a bola e lançá-la na direção da arquibancada.

Enquanto ela rolava pelos bancos, Mauro viu a sombra regurgitar outras três bolas. Ainda sem fôlego para se levantar, ele se arrastou, sentado no chão, para trás, sem saber qual caminho seguiria. Ralou as mãos no chão áspero. As quatro bolas o atingiram. Agora deitado, protegeu a cabeça com os braços e as mãos. Ouviu, ainda que fraca, a mesma risada de antes.

— Faz o seguinte, não sai do meu campo de visão — a voz de Geovani tremia.
— E o que você fará se algo acontecer comigo? — Bianca pôs as mãos na cintura.
— Que saco, agora não é hora pra gracinhas! — Geovani zangou-se.
— Não é gracinha, só acho que você é que não deve sair do meu campo de visão.
— Tá, não interessa. Vamos manter o foco um no outro.
— Será que eles estão do outro lado daquela porta?
— Já que você sugeriu, que tal ser a responsável por abri--la? Não quero ninguém me acusando de nada depois.
— Mais uma vez tirando o seu da reta. Tô pasma.
Geovani respirou fundo e acompanhou Bianca até a outra porta. Caminharam de lado, de modo a encararem o rosto um do outro o tempo todo. Ao chegarem perto da fechadura, Geovani alcançou a maçaneta antes que Bianca pudesse reagir. Contudo, ao fazê-lo, desviou os olhos dela.

Bianca viu-se numa cozinha de escola. As panelas, gigantescas, estavam empilhadas em estantes suspensas. Vários talheres dispostos numa mesa. No armário, embaixo da pia, pilhas de pacotes de macarrão, arroz e lentilha juntavam poeira.

Andou pelo local sem saber como proceder. Ouviu um som de sucção vindo de uma gaveta dos armários. Pegou uma colher e bateu na portinha da gaveta. *Tec, tec, tec.* O som permaneceu no mesmo tom. Com um pano que encontrou em cima da mesa, abriu a gaveta. Duas ratazanas comiam um pacote de carne aberto. Bianca fez uma careta e afastou o rosto ao sentir o cheiro de podridão ir em direção às suas narinas. Bateu o compartimento com força ao fechá-lo.

De costas para a mesa, olhava para as paredes do cômodo. O quadro de uma menininha loira destoava do ambiente. Aproximou os dedos para tocá-lo e, quando estava a centímetros da moldura, ouviu o barulho de talheres se afiando. Pouco antes de virar-se para ver o que se passava, teve a impressão de ver os olhos da menina se mexendo. Ao dar uma rápida encarada no quadro, ele permaneceu estático.

Os talheres continuavam em cima da mesa. Bianca respirou, aliviada. No instante em que baixou a guarda, um facão se ergueu e voou na direção da aluna. Ela conseguiu se desviar dele, mas outros vieram em seguida.

Terminou esticada sob a superfície da parede. Não fora atingida diretamente por nenhum, ainda que algumas partes de sua jaqueta estivessem cortadas.

Geovani estava sozinho na sala de aula.

Pensou em retornar à porta original e tentar abri-la mais uma vez, mas não quis perder tempo. Inspirou fundo. Lágrimas vinham aos seus olhos, mas ele se recusava a ser tomado pelo pânico. Tirou do bolso a bombinha de asma que usava e a apertou na boca. Agora, abrir a outra porta era a única alternativa viável que vislumbrava.

A maçaneta produziu um ringido, como se há muito tempo alguém não a abrisse. Geovani viu um corredor cheio de armários escolares e tomado por uma névoa escura. Adentrou-o. Observava tudo com atenção e, conforme andava, sempre virava a cabeça para ver se algo aparecera enquanto estava de costas. Uma das portas era de vidro. Na parte de baixo, próximo ao chão, Geovani viu um par de mãos tentando empurrar a folha vítrea da porta. Apressou os passos. Andava, andava e não chegava ao fim do corredor.

Ehéhéhéhé, Ehéhéhéhé.

Parou ao ouvir o riso. Em vez de procurar a sua origem, abriu uma das portas na tentativa de se esconder. Notou algo puxando a barra de sua calça, mas balançou-a e seguiu sem olhar para trás. Antes de fechar a porta, sentiu o chão e as paredes tremerem. Ouviu um grito estridente em seu encalço, mas o som permaneceu do outro lado.

Chegou a outro corredor, mas este era formado por pilares de metal e, mais adiante, havia um pátio aberto à sua frente. Nuvens cinzentas se espalhavam pelo céu. A névoa ainda tomava conta do local. Ao dar os primeiros passos, ouviu um choro e o barulho de alguém correndo.

Trombaram com ele. Era Gabriela. Seus cabelos, antes alinhados numa única trança que descia pelas costas, estavam bagunçados e disformes. Sua maquiagem escorria pelo rosto.

Chorou ao reconhecer o amigo. Abraçou-o. Entre soluços, perguntou como ele chegara ao lugar. Arquejante, Geovani explicou como cada um desapareceu. Suas palavras eram interrompidas quando tomava fôlego.

— Ah, mas pelo menos você apareceu, achei que fosse ficar aqui sozinha pra sempre... — Gabriela soluçava.

— Eu não faço a menor ideia de como sair daqui — Geovani respondeu. Pensou em como fora indelicado ao enfatizar essa informação, mas não se arrependeu de dizê-la. As verdades precisam ser ditas, mesmo nos momentos mais inadequados.

Uma das portas que dava para aquele pátio abriu de supetão. Era Bianca. Segurava um facão numa mão e dois cabos de vassoura na outra. Ao vê-los, correu ao encontro dos colegas.

– Que lugar maluco é esse? – Enquanto ela contava o que se passou na cozinha, Geovani percebeu que escorria sangue das têmporas da garota, mas se absteve de comentar.

– Eu sei lá! – respondeu Gabriela. – Mas temos que sair daqui, e rápido.

– Não me diga – Bianca retrucou.

Conversaram sobre o que aconteceu a cada um quando o grupo se separou.

– Agora só falta o Mauro – disse Geovani.

– É, mas cadê ele? – Gabriela ainda não recuperara seu tom de voz normal.

O colega faltante saiu cambaleando de uma das portas. Segurava a barriga com as mãos enquanto andava. Geovani e as garotas o apoiaram para que não desfalecesse. Ele contou, entre balbucios, o incidente na quadra. Após forçar a porta repetidas vezes, ela enfim cedeu.

– Tá, mas e agora? O que faremos? – Bianca perguntou.

– Só nos resta procurar uma saída e passar um bom tempo tentando. Não há outra opção. – Mauro foi enfático quanto à última frase.

Andaram pelo pátio. O silêncio era quebrado apenas pelos passos do quarteto. As portas sumiram da parede em que estavam. Ao passarem por uma pilastra branca, Gabriela comentou que era a mesma que viram minutos antes. Mostrou aos colegas algumas letras "X" desenhadas na base dela. Era como se andassem até certo ponto e, de repente, voltassem à posição inicial.

Mauro sugeriu que virassem à direita e depois à esquerda, como numa espécie de zigue-zague. O grupo aceitou. Geovani teve a ideia de se revezarem para contar os algarismos em ordem crescente. Ele começaria; Bianca falaria o dois; Gabriela, o três; Mauro, o quatro, e assim por diante. Seria uma forma de se manterem alertas caso alguém sumisse novamente. Gabriela comentou que o professor de matemática criaria algum problema para resolverem em sala se os ouvisse brincando daquele jogo. Riram, ainda que com certa relutância. Era preciso manter as cabeças erguidas diante do pessimismo.

Quando Gabriela chegou ao 215, viram mesas de um pátio escolar rodeadas por cacos de lâmpadas. Uma garota loira estava sentada num dos bancos, de costas para eles. Usava um vestido sujo, semelhante a um trapo, e seus pés descalços batiam no chão. Encararam a visão, estupefatos, e, passada parte da surpresa, sussurraram uns para os outros que ela talvez fosse a mesma menininha que viram pouco antes, exceto pelo fato de estar mais alta e corpulenta.

Atracada numa vasilha, ela comia com as mãos. Seus antebraços estavam sujos de sangue, e ouviam-se gritos animalescos saindo do pote.

Os olhos de Gabriela lacrimejaram. A menina ouviu o lamurio da aluna e virou-se para encará-la. Havia rugas em seu rosto, e os cortes necrosaram. Levantou-se e foi em direção ao grupo. Seus passos eram cambaleantes, embora não caísse. Os braços permaneciam suspensos e sem vida.

Andando para trás, prepararam-se para correr, mas Geovani tomou um dos cabos da mão de Bianca e o apontou para a garota.

– NÃO VOU CORRER. NÃO VOU! – ele berrou. – SE FOI VOCÊ QUE ENFIOU A GENTE NESSE INFERNO, TRATA DE TIRAR TODO MUNDO DAQUI, ENTÃO!

A entidade virou o rosto para o lado. A cauda de um rato caía pelo canto de sua boca.

– NÃO TENHO MEDO DE VOCÊ, SUA MORIBUNDA NOJENTA! – Geovani lembrou-se de ter ouvido esses adjetivos numa aula de português.

Com a ponta de seu cabo de vassoura, golpeou a garota. O rosto dela se deslocou e deu um grunhido gutural. Bateu de novo em seu peito. Mauro pediu para parar, mas Geovani não lhe deu ouvidos. Continuou até que ela caísse sentada perto de uma pilastra. Fazia caretas enquanto seguia dando as pancadas. Seus braços estavam cansados, mas a raiva o tomara por completo.

Bianca pegou o outro cabo e se juntou ao amigo. Concentrou-se no rosto. A cabeça da garota balançava à medida que era espancada. Seus grunhidos aumentaram. Antes de cair inconsciente, tossiu sangue na calça de Geovani.

– Que nojo. – Sentiu ânsia ao olhar para as próprias roupas.

– Não resolveu muita coisa, mas fez o que todos queríamos – Gabriela o cumprimentou.

– Bom trabalho... pra nós dois – Bianca sorriu.

As portas reapareceram nas paredes do pátio. Gabriela levantou os punhos fechados para o alto em sinal de comemoração. Geovani riu. Quem sabe uma delas não os tiraria dali?

Enquanto escolhiam qual abrir, ouviram o som de um estalar de braços. A garota contorcia o pescoço de modo a poder encará-los. Arrastou-se com as mãos e, quando estava de bruços, ergueu os joelhos para andar de quatro. Repetia o movimento com rapidez. Mauro pegou o facão do chão e o arremessou, com o intuito de acertá-la. O objeto se fincou no ombro direito dela. A garota não demonstrou sentir dor.

Os quatro se olharam e, antes que qualquer um deles dissesse o que fazer, correram. Escolheram uma porta de metal e, pouco antes de entrar, viram como a menina se movia daquela forma com destreza.

Bateram a porta quando a assombração estava a centímetros de distância deles. Ouviram-na grunhir do lado de fora.

Viram-se dentro de um lavabo estreito. Por acidente, Bianca enfiou os pés num balde e quase escorregou. Gabriela bateu a cabeça numa prateleira. Mauro e Geovani usaram o peso de seus corpos contra a porta, impedindo-a de se abrir.

– Se isso for um sonho, espero acordar logo. – Gabriela cedeu às lágrimas que vinham aos seus olhos.

Bianca ajudou a pressionar a porta. Pararam um instante e, ao apurarem os ouvidos, a quietude pairou no ambiente.

Ehéhéhéhé, Ehéhéhéhé.

Os risos vinham de cima.

A garota usava os braços e as pernas para se apoiar nos cantos do teto. A faca ainda estava em seu ombro.

Gritaram. A torneira do banheiro se abriu sozinha e espirrou fortes jatos de água, encharcando-os. Mauro tentou abrir a maçaneta, mas ela emperrou. Poucos segundos após as roupas começarem a grudar em seus corpos, sentiram a água batendo em seus pés. Olharam para cima. O tom dos rosnados da garota diminuiu.

A água chegou às suas canelas. Gabriela se sentou na pia, mas Mauro a puxou de volta. O peso dela poderia quebrar o instrumento e eles teriam ainda mais problemas para enfrentar. Bianca arremessou um vidro de um produto de limpeza no teto, mas ele não atingiu a garota. Em vez disso, seu líquido jorrou por todo o cômodo.

A água batia em seus joelhos. Arremessaram outros recipientes e baldes na garota, mas nada a atingia, e todos sempre se desviavam do corpo dela. Mauro forçou a porta numa fracassada tentativa de abri-la.

A assombração gritou o nome dele, fazendo com que o rapaz a encarasse. Sua voz era rouca e áspera. Chamou também por Bianca. Todos se entreolhavam sem entender a situação. Ouviram-na citar os nomes de Gabriela e Mauro e, como os gritos aumentavam, puseram as mãos nos ouvidos, pedindo que ela se calasse...

– NÃO ME CALO! VOCÊS É QUE DEVEM PARAR COM ESSA GRITARIA! – Era a voz de Ana Beatriz.

Abriram os olhos no momento em que ela parou de chutar a privada. Os quatro estavam encolhidos numa cabine do banheiro da escola. Sob a luz acesa, a colega os olhava de braços cruzados, com ares de reprovação. Usava um colar com um grande olho azul e círculos em volta.

Saíram da cabine e a abraçaram. Ela se desvencilhou dos braços, pedindo que parassem. Até os olhos de Bianca marejavam. Geovani pediu desculpas a Mauro pelo soco. Ele concordou, acenando o rosto, e pediu que esquecessem o ocorrido.

– O que é que vocês aprontaram aqui, afinal? – Ana Beatriz perguntou como uma mãe que ralha com os filhos.

– Não queira nem saber – respondeu Bianca.

Saíram do banheiro. Enquanto caminhavam pelo corredor rumo às salas de aula usadas como dormitórios, Ana Beatriz tagarelava.

– Conversamos com outras escolas e decidimos que as ocupações começarão a se encerrar na semana que vem. Os políticos atenderam parte de nossas reivindicações e perceberam que com os estudantes não se brinca. Agora posso voltar a estudar pro vestibular de Medicina Veterinária. Dizem que é um dos mais concorridos da UFPR...

– Só sei que, quando a ocupação acabar, vou falar com a minha tia pra mudar de escola. – Gabriela não morava com os pais e, ao contrário dos outros quatro, ainda estava no segundo ano.

— Eu é que não uso mais banheiro nenhum deste lugar! — Bianca bradou.

— Ainda esse assunto? — Ana Beatriz fez uma careta. — Sabe, o Vitor fuçou uns registros antigos na secretaria e descobriu que uma aluna chamada Samara Meirelles Gonzalo morreu no banheiro do pátio há uns vinte anos, quando a escola era recém-inaugurada. Não sei como acobertaram tão bem o caso. Provavelmente algum de vocês leu essa história em algum lugar e ficou impressionado...

— Garanto que não lemos sobre nada disso — Bianca disse.

— Até porque a Bianca nem sabe ler direito — Geovani riu.

— Muito engraçado, né? — Bianca deu um leve soco no braço de Geovani enquanto imitava as gargalhadas do amigo. Os dois riram.

— Ana — chamou Mauro —, que colar é esse que você tá usando? — O garoto tinha a impressão de que o acessório da colega o encarava de volta.

— Ah, foi a minha tia que me deu, pouco antes de falecer. Ela era toda mística, disse que esse colar foi feito pra me proteger de energias negativas. Não que eu acredite, lógico. Só uso porque me faz lembrar dela...

Mauro não pôde deixar de ficar perturbado com a informação.

Reparou no estado dele e dos colegas que foram ao banheiro. Mesmo não estando mais molhados, as marcas das boladas que levou ainda estavam em sua camiseta, bem como as manchas vermelhas nos tênis de Gabriela.

— Biancão — voltou-se para a amiga —, que sangue é esse na sua cabeça?

Quando Bianca passou as mãos no rosto, a risada infantil que enfrentaram horas antes inundou o corredor.

Ehéhéhéhé, Ehéhéhéhé.

Olharam para o teto, para o chão e para os dois sentidos possíveis do corredor. Gabriela apontou para um vidro espelhado. O contorno da garotinha loira estava lá. Seu rosto era limpo e sem feridas. Ela ria.

Ana Beatriz foi a primeira a gritar. À medida que os risos aumentavam, o colar de um olho começou a tremer. As risadas se transformaram em grunhidos, e a menina batia com os punhos fechados no vidro, como se tentasse quebrá-lo. O colar se agitava no busto de Ana Beatriz. Ela o tirou e tentou correr em meio a soluços, mas foi impedida por duas barreiras de ar que surgiram de ambos os lados.

Mauro e Geovani tentaram acalmá-la. Ela se desvencilhou dos braços dos dois. O colar levitava diante do vidro. Quanto mais a menina o fitava, mais agressivos eram os seus gritos. Saía uma fraca luz amarela de dentro do olho. Ao sentir a luz emanada, a garotinha pôs as mãos na cabeça e fez uma careta; parecia sentir uma dor intensa. O olho do colar inchou e adquiriu o triplo do tamanho. A menina voltou a socar o vidro, mas agora eles viam pavor em seus olhos.

Como se algo a atingisse, ela foi arremessada para trás e os estudantes a perderam de vista.

O vidro quebrou e se espatifou pelo chão. Usaram os braços e as mãos para proteger os rostos dos cacos.

– CUIDADO! – gritou Mauro.

Em meio aos destroços, Bianca recolheu o colar de Ana Beatriz, que voltou ao tamanho original. Havia uma rachadura no glóbulo do olho. Geovani ofereceu o moletom que usava para ajudar a limpar as mãos de Gabriela. Ana Beatriz desmaiou nos braços de Mauro.

Viram, conforme o choro de Gabriela aumentava, outros estudantes que ocupavam a escola aparecerem pelos corredores. Suas caras de sono logo eram substituídas por expressões curiosas e assombradas.

Após a ocupação acabar, o final do ano letivo não foi nada pacífico. Mesmo triste devido à memória de sua tia, Ana Beatriz se livrou do colar. Muitos pais e responsáveis, assim como a tia de Gabriela, transferiram seus filhos para outras escolas, e os que ficaram tinham medo de usar os banheiros. Alguns alunos desenvolveram infecção urinária e problemas gastrointestinais. Os inspetores fizeram várias vistorias na escola inteira, mas nada encontraram. As anedotas e brincadeiras se espalhavam entre os estudantes e, com elas, o medo diminuía. Voltaram a usar os sanitários e vestiários como antes, ainda que, vez ou outra, um estudante infeliz fizesse algum gracejo desagradável, agora cheio de detalhes inexistentes no episódio que de fato aconteceu nas dependências do colégio.

Cerca de seis meses depois, ainda não se via anormalidade nenhuma nos banheiros da Escola Estadual de Ensino Médio Camargo Rocha. Ainda.

AGRADECIMENTOS

Há muitas mãos e vozes que auxiliaram na criação deste livro, direta ou indiretamente.

Agradeço aos meus pais, por me incentivarem a escrever e, em muitos momentos, acreditarem em mim mais do que eu mesmo. Meus pilares em vários momentos de minha vida.

Aos meus familiares, por comprarem este livro quando ele ainda era um inocente e despretensioso e-book vendido na internet. Alguns deles, inclusive, convenceram amigos a comprá-lo!

À Universidade Federal do Paraná, responsável pela minha formação em tantos aspectos. Como professor, como pensante, como ser humano. E, claro, como escritor! Minha gratidão a essa instituição será infinita.

Ao meu amigo Vilto Reis. Não nos falamos com a frequência que eu gostaria, mas as leituras críticas de mais da metade dos contos deste livro feitas por ele foram cruciais para que esta obra pudesse ser o que ela é hoje.

A muitos dos escritores contemporâneos brasileiros, por insistirem nessa loucura que é fazer literatura nos dias atuais. Vocês me mostraram que é perfeitamente possível ser brasileiro e escritor.

Agradeço, por fim, a você, leitor, que chegou até aqui, e me acompanhou nessa viagem.

Meu muito obrigado.

grupo novo século

Compartilhando propósitos e conectando pessoas
Visite nosso site e fique por dentro dos nossos lançamentos:
www.gruponovoseculo.com.br

‹ns

- facebook/novoseculoeditora
- @novoseculoeditora
- @NovoSeculo
- novo século editora

gruponovoseculo
.com.br

Edição: 1ª
Fonte: Merriweather